新　潮　文　庫

人間・この劇的なるもの

福田恆存著

新　潮　社　版

1412

人間・この劇的なるもの

一

愛は自然にまかせて内側から生れてくるものではない。ただそれだけではない。愛もまた創造である。意識してつくられるものである。

女はそうおもう。自分はいつでもそうしてきた。だが、男にはそれがわからない。かれは自然にまかせ、自然のうちに埋没している。愛はみずから自分を完成するものだ、そうおもっている。だから、男は手を貸そうとしない。女は疲れてくる。すべてはひとりずもうだったとおもう。もうこれ以上、がまんはできない。別れるときがきたのだ。女はものうげに別れ話をもちだす。男にはまだわからない。女は説明しようとする。「完璧《かんぺき》な瞬間」というものについて、その実現を用意する「特権的状態」について。女は子供のときに愛読した歴史本について話す。

「それには挿絵がほんの少ししかなかった。一巻にせいぜい三四枚だったかもしれない。でも、そこのところは、みんな一頁《ページ》分とってあって、裏にはなにも刷ってないの。ほかの文章のところは二段組で一杯つまっていただけに、それが、なおさら印象的にみえた。あたしは、その挿絵がたいそう気に入った。どれもみんなおぼえていて、そのミシュレを読みかえすとき、あたしは五十頁もまえから、それがやってくるのを待ちうけていた。」

女のいう「特権的状態」とはなにか。

「たとえばギイズ公暗殺の場面では、図のなかの人物たちは、みんな掌を前に突きだし、顔をそむけて、驚きと憤《いきどお》りを現している。それはとても美しい。まるで合唱団みたい。もちろん、おもしろい細部や逸話的な部分も忘れられていない。床のうえに落ちている本とか、逃げだそうとする犬とか、玉座の階段に坐《すわ》っている道化役とか。そういう細部も、図面の他の部分と調和するような偉大さと不器用さをもって描かれているの。これほど厳密な統一によって描かれている絵を、いままで見たためしがない。で、それはそこからくるの。」

「特権的状態が？」

「特権的状態というものをつくりだす観念が。そういう状態は、まったく、たぐいまれな、貴《とうと》い性質、まあ、ひとつのスタイルをもっているといってもいい。」

女はみずから「特権的状態」と名づけるものについて、いろいろな例をあげる。「特権的状態」というのは、「完璧な瞬間」を実現するのにつごうのいい条件を具備した、とくに恵まれた状況のことである。が、それは、かならずしも歓喜へと道を通じてはいない。

死もまた「特権的状態」である。出生は生れてくるものにとって「特権的状態」になりえない。意識が参与していないからだ。私たちは自分の死を眺めることができ、これに対処しうる。が、私たちは自分の出生を眺めることができない。生れるときの私たちは、たんなる物体にすぎず、私たちは出生を自分の事件としてとりあげることができない。それが事件でありうるのは、その周囲の人間にとってだけである。それが当人にとって事件となりうるのは、後年、自分の出生を過去のできごととして顧みることができるようになってからだ。そのとき、私たちは、それがなんらかの事件となりえた周囲のひとたちを通じ、かれらと交わることによって、はじめてそれを自分の事件となしうる。私生児は、気まずい母親の表情や、意味ありげな世間のあしらいによって、はじめて私生児になる。つまり、自分の出生がひとつの事件となるのだ。

死は、最初から、いや、それがやってくるずっとまえから、私たちはそれにたいして用意することができる。出生においてはたんなる物体にすぎず、その端役《はやく》さえ務められなかった私たちも、死にさいしては、瞬間、主役になりうるのである。芝居がかった人間なら、深刻な、あるいは軽妙なせりふの一つも吐くことができよう。そうでなくとも、臨終のことばは、周囲のひとびとによって、意味ありげに受けとられがちなものだ。それが意味ありげにひびく土壌が用意されているからである。その用意された土壌が、女のいう「特権的状態」なのだ。

死が当人にとって不意にやってくることはあろう。それにしても、周囲の人間にとっては、それは、出生とくらべものにならぬほど、意識的な役割を演じうる機会なのである。女はふたたび少女のころの経験を物語る。父が死んだときのことだ。その死に立ちあうため、少女は病床に連れて行かれた。階段をのぼって行く。悲しかった。だが、一種の緊張感に快く酔っていたこともたしかだ。病室の戸が開かれる。少女はそのなかに呼び入れられる。

「あたしはついに特権的状態のなかに足を踏みいれた。あたしは壁によりかかって、しなければならなかった動作をしようとした。だのに、叔母と母とが、ベッドの縁に跪《ひざまず》いていて、そのすすり泣きで、なにもかも台なしにしてしまったんだわ。」

二人の恋愛において、それをつくりあげるのにすこしも手を貸そうとしなかった男は、いや、むしろ女の試みを無意識のうちにぶちこわしてばかりいた男は、この叔母や母とおなじだった。それを、いま、女は男に告げる。こんな話もする。昔、戦いにやぶれ、捕虜になった王がいた。その前を鎖につながれた息子や娘が通って行く。が、王は一滴の涙もながさない。一言《ひとこと》も口をきかない。そのあとで、やはり鎖につながれた召使が通った。それを見て、王は急に身もだえして、誰はばかることなく自分の苦しみをぶちまけた。「特権的状態」のなかにいるという自覚が、「完璧な瞬間」をつくりあげようとする意思が、にわかに崩れさったからである。

こうして、いくつかの例をあげたのち、女は、自分たちの恋愛の、最初の瞬間のことを、率直に告白する。植物園の芝のうえで、はじめて男に抱擁されたときのことだ。

「でも、あたしがいらくさのうえに坐っていたことは、おそらくあなたは知らなかった。裾《すそ》がまくれて、腿《もも》がちくちくさされていた。すこしでも動くと、新しい痛みを感じた。そんなとき、禁慾《きんよく》主義だけでは充分じゃない。あたしはちっとも陶酔なんかしていなかったのだもの。あなたの唇《くちびる》がほしいとおもっていなかった。あなたに与えようとしていたあの接吻《せっぷん》のほうが、もっとずっと大切だった。それはひとつの契約、ひとつの約束だったの。わかるでしょう、腿の痛みなんて、となんでもないことだわ。そんなとき、腿のことなんか考えるのは許しがたいことなのよ。痛みに注意しないというだけでは、まだたりない。痛がってはいけなかったんだわ。」

サルトルの小説『嘔吐《おうと》』からの引用である。例はやや奇矯《ききよう》であるが、この女の不満は、ごくありきたりのものであり、一般的なものである。だれもが経験する平俗な日常生活から、例はいくらでもあげられるであろう。

一口にいえば、現実はままならぬということだ。私たちは私たちの生活のあるじたりえない。現実の生活では、主役を演じることができぬ。いや、誰もが主役を欲しているとはかぎらぬし、誰もがその能力に恵まれているともかぎらぬ。生きる喜びとは主役を演じることを意味しはしない。端役でも、それが役であればいい、なにかの役割を演じること、それが、この現実の人生では許されないのだ。

私たちは日々の労働で疲れてくる。ときには生気に満ちた自然に眺めいりたいとおもう。長雨のあとで、たまたまある朝、美しい青空にめぐりあう。だが、私たちは日の光をしみじみ味わってはいられない。仕事がある。あるものは暗い北向きの事務所に出かけて行き、そこで終日すごさなければならない。そのあげく待っていた休日には、また雨である。親しい友人を訪ねて、のんきな話に半日をすごしたいとおもうときがある。が、行ってみると、相手はるすである。そして孤独でありたいとおもうときに、かれはやってくる。

愛情は裏切られ、憎しみは調停され、悲しみはまぎらされ、喜びは邪魔される。相手がなければ愛憎も起らぬが、相手があるゆえに、愛憎は完成されない。邪魔をし、水をさすものが、かならず出てくる。父の病床で自分の悲哀を完全に掬《く》みつくそうと用意していた少女のまえには、節度なく泣きくずれる叔母や母がいる。芝生のうえで接吻の儀式を完成しようとした女の下には、心ないいらくさがあった。さらに、自分の役割を理解し協力してくれぬ恋人がいた。

私たちの社会生活が複雑になればなるほど、私たちは自分で自分の役を選びとることができない。また、それを最後まで演じきって、去って行くこともできない。私たちの行為は、すべて断片で終る。たえず、ひとつの断片から他の断片へと移っていく。その転位は必然的な発展ではない。たんなる中絶である。未来はただ現在を中断するためにだけやってくるのだ。現在が中断されることによってしか未来は起りえず、未来とはたんに現在の中断しか意味しないのである。が、私たちは、現在の中断でしかない未来を欲してはいない。そんなものは未来ではないからだ。私たちの欲する未来は、現在の完全燃焼であり、それによる現在の消滅であり、さらに、その消滅によって、新しき現在に脱出することである。私たちのまえには、つねに現在しかない――そういう形で、私たちは未来を受けとりたい。中断された現在のあとに、真の未来があろうはずはない。

喜びにせよ、悲しみにせよ、私たちは行けるところまで行きつくことを望んでいる。そして行為が完全に燃焼しきったところに無意識が訪れる。きょうとあすとのあいだに、夜の睡眠があるように。ロレンスが性を人間生活の根柢《こんてい》においたのは、そのことと無関係ではない。かれはフロイトに学んだかもしれぬが、フロイトのように性を科学としてとらえることをしなかった。ロレンスにとって、性はあらゆる人間行為のうち、もっとも純粋な行為なのである。のみならず、断片と化した現代の複雑な社会生活において、まだそこだけでは、なんぴとも主役を演じうる最後の拠《よ》りどころなのである。

性の原理は単純である。そこにおいては、自我が完全に消滅し、同時に、自我を十全に主張しうるということだ。あらゆる身体的行動は、他の人間なり物体なりを、自己の支配下におくことを意味し、それにともなう昂奮《こうふん》にささえられている。いらだちや身もだえさえ、やはり自己の生理を自己の支配下におこうとする、いわば肉体のうちに残された最後の意思かもしれない。私たちは、自我の喪失と逸脱とを恐れているのである。もし性の行為を、一方的に異性の征服と見なせば、これほど支配しにくい対象はない。このばあい、私たちは、相手のなすがままにふるまって、しかも完全に相手を裏切ることができるのである。性の行為が完全であるためには、私たちは征服者であると同時に、被征服者にならなければならない。主体であると同時に、客体であらねばならず、完全に精神であると同時に、完全に肉体であらねばならない。のみならず、無意識の陶酔に達するため、その瞬間まで、私たちの意識は極度に集中され、緊張しきっていなければならぬのである。私たちは焰《ほのお》であると同時に薪《まき》であらねばならぬのだが、その完全燃焼のためには、二つの性の内側から発するもの以外に、なんの要因も必要としないばかりか、それを中断するいかなる要因の介在も許さない。

ひとはロレンスがそこまで後退したと非難するかもしれぬ。が、現代の社会生活が私たちの生活を断片化してしまい、純粋な生命の燃焼を許さなくなっている実情を、ロレンスは敏感に感じとっていたのである。かれにとっては、妥協や迂回《うかい》がまんできなかった。それほど、かれは純粋な行為を欲した。ロレンスの思想を後向きと見なすことは容易である。が、多くのひとびとは、日々の行為がたんなる断片にすぎず、ひとつひとつが充実し燃焼しきることなしに、断片から断片へと追いやられているにもかかわらず、その事実を自覚するいとまもなく、その苦痛を苦痛と感じる神経のこまかさすら失ってしまっているのだ。が、無意識のうちに、不満は堆積《たいせき》する。

もちろん、それを解放しようとする試みがないではない。が、その試み自体が断片的性格をおびてくるのである。勇敢なひとたちがいる。かれらは後退しない。断片としての不完全な現在の組み変えによって、未来に期待する。前向きに、つぎからつぎへと未来を迎え、それが現在になった瞬間、その断片としての不完全性のゆえに、それをつぎつぎと過去に送りこむ。そして、この未来を現在に呼びいだし、過去に追放する営みが、新しき未来にたいする希望という美名を冠らせられる。ふしぎな現代の錬金術である。かれらのまえに現れる未来も現在も、依然として断片にすぎない。かれら自身も断片的存在に終るしかあるまい。かれらはそれを自覚していない。いや、自覚しているという。それで不満はないという。が、はたしてそうであろうか。

現在が未来に脱け変るのではなくて、未来が現在を押しのけてやってくるところでは、その不明瞭《ふめいりよう》な未来の幻影のまえで、現在はつねに不燃焼のまま残り、過去の穴倉で腐敗する。満足とか不満とかいうものは、なんら本人の自覚とかかわりがない。自覚されぬ不満こそ、ここでは問題なのである。本人の自覚のうちにとりいれられた不満や不幸が、そのひとの致命傷になったためしはない。そういう不満や不幸は、味わい楽しむことさえできる。むしろ、今日では、すべての不幸や不満が私たちの自覚のうちに組みいれられ、もっぱらその解決策にかかずらっている私たちの背後に、別のどうしようもない不満や不幸が忍びよっているのではないだろうか。

自然のままに生きるという。だが、これほど誤解されたことばもない。もともと人間は自然のままに生きることを欲していないし、それに堪えられもしないのである。程度の差こそあれ、だれでもが、なにかの役割を演じたがっている。また演じてもいる。ただそれを意識していないだけだ。そういえば、多くのひとは反撥《はんぱつ》を感じるであろう。芝居がかった行為にたいする反感、そういう感情はたしかに存在する。ひとびとはそこに虚偽を見る。だが、理由はかんたんだ。一口にいえば、芝居がへたなのである。

役をはきちがえたり、相手役や見物に無理なつきあいを強いたり、決るところで決らなかったり、自分ひとりで芝居をしたり、早く出すぎたり、引っこみを忘れたり、見物の反応を無視したり、見物の欲しない芝居をしたり、すべてはそういうことなのだ。だれでもが、なにかの役割を演じたがっているがゆえに、相手にもなにかの役割を演じさせなければならない。ときには、舞台を降りて、見物席に坐《すわ》ることを許さなければならないし、自分もそうしなければならない。

舞台をつくるためには、私たちは多少とも自己を偽らなければならぬのである。堪えがたいことだ、と青年はいう。自己の自然のままにふるまい、個性を伸張せしめること、それが大事だという。が、かれらはめいめいの個性を自然のままに生かしているのだろうか。かれらはたんに「青春の個性」というありきたりの役割を演じているのではないか。私にはそれだけのこととしかおもえない。

個性などというものを信じてはいけない。もしそんなものがあるとすれば、それは自分が演じたい役割ということにすぎぬ。他はいっさい生理的なものだ。右手が長いとか、腰の関節が発達しているとか、鼻がきくとか、そういうことである。

また、ひとはよく自由について語る。そこでもひとびとはまちがっている。私たちが真に求めているものは自由ではない。私たちが欲するのは、事が起るべくして起っているということだ。そして、そのなかに登場して一定の役割をつとめ、なさねばならぬことをしているという実感だ。なにをしてもよく、なんでもできる状態など、私たちは欲してはいない。ある役を演じなければならず、その役を投げれば、他に支障が生じ、時間が停滞する――ほしいのは、そういう実感だ。私たちが自由を求めているという錯覚は、自然のままに生きるというリアリズムと無関係ではあるまい。他人に必要なのは、そして舞台のうえで快感を与えるのは、個性ではなくて役割であり、自由ではなくて必然性であるのだから。生きがいとは、必然性のうちに生きているという実感から生じる。その必然性を味わうこと、それが生きがいだ。私たちは二重に生きている。役者が舞台のうえで、つねにそうであるように。

舞台のうえでは、すべてが二重性において進行する。私たち見物人のまえには、つねに現在しか存在しない。その現在はつぎつぎに過ぎ去るが、それはけっして過去にはならない。つぎつぎに眼前に現れる現在のうちに、それらは一切ふくまれている。登場人物たちはそれらを現在としてになっている。小説でもおなじことがいえそうだが、小説のなかでは、人物はかならずしも、つねに過去をになっていなければならぬということはない。劇においては、現在は、かならず、その直前の現在から呼び起されたものであり、人物はそれに突き動かされたものとして生きねばならない。同時に、過去の説明は禁物である。過去はいっさい語られてはならぬ。もしそれが現在を生かす必然性がないならば。いいかえれば、劇において語られる過去は、現在の心理において語られねばならず、それによって現在が確乎《かっこ》たる輪郭をとりうるようなものでなければならない。

未来についても同様である。未来は、未来の側からやってきてはならぬ。ということは、つねに現在が、いかようなる未来にも到達しうる形で、私たちの眼前に存在していなければならぬということだ。ある一定の未来に漕《こ》ぎつけるため、現在をねじまげてはならぬ。そうすれば、現在はその潑剌《はつらつ》さを失う。

劇においては、つねに現在が躍動しながら、時間の進行にともない、過去と未来とを同時に明していく。現在のうちにすべてがある。いま起りつつあるもののうちに、すでに起ったものと、これから起るであろうものとが。この二重性が劇における時間の法則である。小説では、それほどの緊密性を必要としない。小説は過去にもどることができるし、読者ははじめの部分を読みかえすこともできる。劇の時間は不可逆的である。現在だけしかあってはならぬ。それが現在としての潑剌さを失うと、とたんに時間の流れが切断される。舞台の動きもせりふも死ぬ。

劇においては、すべてが連鎖反応としてつぎつぎに継起しなければならぬのだが、そしてそれを一定の未来に向って引きずっていく強制の手が見えてはならぬのだが、にもかかわらず、その連鎖反応はでたらめであってはいけない。現在は、一瞬一瞬、あらゆる方向への可能性を蔵しながらも、依然としてそこには法則がある。劇の進行とともに堆積されてきた現在は、それ自身を完全燃焼させなければならないのだ。そのための必然性は固く守られねばならない。現在は偶然の帰結であり、偶然の可能性をはらみながら、しかも、幕切においては、すべてが強度の必然性をもって甦《よみがえ》る。役者のせりふは、戯曲のうちに与えられており、決定されている。かれの行為にはわずかの自由も逸脱も許されぬ。どんな細部も、最後まで、決っているのだ。いいかえれば、未来は決っているのだ。すでに未来は存在しているのに、しかも、かれはそれを未来からではなく、現在から引きだしてこなくてはならぬ。かれはいま舞台を横切ろうとする。途中で泉に気づく。かれはそれに近づいて水を飲む。このばあい、気づく瞬間が問題だ。泉が気づかせてはならない。かれが気づくのだ。かれが気づく瞬間までは、泉は存在してはならないのである。

すでに決定されている行動やせりふを、役者は、生れてはじめてのことのように、新鮮におこない、新鮮に語らねばならぬ。ここでも二重性が問題になる。戯曲のうちに定められてある行動やせりふは、すでにもう存在しているものである。見物人のうちには、それを読んでいるものもいようし、二度見るものもいよう。それでも、かれらは、それをはじめてのものとして享受《きょうじゅ》したがる。そのためには、役者は、未来に眼を向けてはならぬ。現在を未来に仕えさせてはならぬ。かれは現在にのみ没頭する。芝居の最後まで知っていて、しかも知らぬかのように行動すること。

こういう役者の二重性において、意識はいったいどちら側にあるのか。芝居の筋やせりふを最後まで知っていることなど、意識の世界の関り知らぬことであろう。それはたんなる記憶の問題であり、意識を燃えあがらせる材料にすぎない。知っていながら知らぬふりをすること、そこにこそ、強烈な意識の営みが必要とされる。

かれは未来を不可知なものとして捉《とら》えるがゆえに、また過去を不可逆なものとして捉えるがゆえに、貪婪《どんらん》に現在を飲みほそうとする。与えられた条件のなかにある自分の肉体と、それを客体として味わうことによって、その条件のそとに出ようとする意識と、そこに役者の二重性がある。

『嘔吐』のなかの女が欲した生きかたは、そういうことではなかったか。「特権的状態」とか「完璧《かんぺき》な瞬間」とかいうのは、つまりは劇的ということではないか。男はきいている、「芝居のなかの人物のように生きたかったのだね？」と。が、それはむずかしいことだ。実生活において、それほど強烈な意識をつねに持続することは困難である。女がいうように、「人間はそういつも緊張してはいられない。」が、私たちが、意識無意識のうちに、そういう生きかたを求めているることはたしかだ。

私たちは、自分の生が必然のうちにあることを欲している。自分の必然性にそって生きたいと欲し、その鉱脈を掘りあてたいと願っている。劇的に生きたいというのは、自分の生涯を、あるいは、その一定の期間を、一個の芸術作品に仕たてあげたいということにほかならぬ。この慾望《よくぼう》がなければ、芸術などというものは存在しなかったであろう。役者ばかりではない。人間存在そのものが、すでに二重性をもっているのだ。人間はただ生きることを欲しているのではない。生の豊かさを欲しているのでもない。ひとは生きる。同時に、それを味わうこと、それを欲している。現実の生活とはべつの次元に、意識の生活があるのだ。それに関らずには、いかなる人生論も幸福論もなりたたぬ。

二

すでにいったように、私たちが欲しているのは、自己の自由ではない。自己の宿命である。そういえば、誤解をまねくであろうが、こういったらわかってもらえるであろうか。私たちは自己の宿命のうちにあるという自覚においてのみ、はじめて自由感の潑剌《はつらつ》さを味わえるのだ。自己が居るべきところに居るという実感、宿命感とはそういうものである。それは、なにも大仰な悲劇性を意味しない。宿命などというものは、ごく単純なものだ。

ワイルドがいっている。芝居ではハムレットがハムレットを演じ、ローゼンクランツがローゼンクランツを演じる。だが、この人生では、ローゼンクランツやギルデンスターンがハムレット役を演じさせられることがある。

それは本人にとって苦しいことだ。それを、私たちは自由と教えられてきた。私たちは自由である。したがって幸福である。むりにそう思いこもうとする。これ以上の自己欺瞞《ぎまん》はない。すべてを宿命と思いこむことによって、無為の口実を求めることも自己欺瞞なら、すべてが自由であるという仮想のもとに動きながら、つねに宿命の限界内に落ちこみ、なお自由であると思いこむことも、やはり自己欺瞞なのである。つまり、二つの錯覚がある。人生は自分の意思ではどうにもならぬという諦《あきら》めと、人生を自分の意思によってどうにでも切り盛りできるという楽観と。老年の自己欺瞞と青年の自己欺瞞と、あるいは失敗者の自己欺瞞と成功者の自己欺瞞と。ただそれだけの差でしかない。それが自己欺瞞である以上、私たちはそれによって、いずれのばあいにせよ、いちおう、ささやかな幸福を身につけることができる。だからこそ、自己欺瞞なのである。自己欺瞞というのは、自己を操る術であると同時に、あるいはそれ以上に、他人を、そしてすべての対象を操る術なのだ。

自分が失敗したり、落ち目になったり、いや、すでに失敗しそうだという予感においてさえも、私たちはそれが必然だったという口実を捜し求める。遺伝とか、過去における異常な経験とか、社会の欠陥とか、もし、ひとがその気になれば、現代はこれらの口実にこと欠かぬ。むしろ、ありすぎるくらいある。『芸術とはなにか』の冒頭で書いたように、古代の呪術《じゅじゅつ》や神託にかわって、現代では科学がその口実を提供してくれる。その代表的なものが、フロイディズムとマルクシズムだ。いずれも、私たち個人を、ひとつの完全な必然性のうちに位置づけてくれる。しかも、しごく調法なことに、現実に即して。それらは、いずれも現実の必然性を、眼前に見るがごとく、描きだしてくれる。

逆に成功者には口実は要らない。支配者は口実を嫌う。口実というのは、自己以外の権威を容認することであり、自己の外部に自己の作因を求めることだからだ。成功者は、自己の成功をつねに自己に帰したがる。が、おそらくそこでは、失敗者とは別の、しかし、同じ現実の必然性が作用しているにちがいない。それを、当人だけは多かれ少かれ、自己の内部の必然性によって、たとえば才能とか、力とか、計算とか、努力とか、そういうものによって、成功したのだと考える。したがって、失敗者のように現実それ自体の必然性を認めない。すくなくとも、現実の必然性を見ぬき、それを操りうる自己の力量を、かれは信じている。自己の必然性が現実の必然性を組み伏せたのだと信じている。じっさいはそうでないばあいでも、つまり、けがの功名のばあいでも、あたかもそれを計算して勝ち得たもののごとく、事後になって得意げに語るひとたちに私たちはよく出あう。すくなくとも、偶然の当りについて、自分がそれだけの値うちのない人間だとおもっているひとに私は出あったことがない。人は、人生が与えるどんな思いがけない過分の贈物でも、それを当然のことのように、大きな顔をして受けとる。

失敗者は失敗の必然を、成功者は成功の必然を欲する。だが、ひとびとは、なぜそうまで必然性を身につけたがるか。いうまでもなく、それは自己確認のためである。私たちは、自己がそこに在ることの実感がほしいのだ。その自己の実在感は、自分が居るべきところに居るときに、はじめて得られる。いいかえれば、自己が外部の現実と過不足なく一致しているときに。あるいは自己表現が、自己の内部の心情と過不足なく一致しているときに。が、この二つは同じことを意味する。

私たちが「演戯」ということばを用いるときに、これだけのことは理解していなければならない。ひとびとは、ことに日本人は、演戯を虚偽の表現と見なしたがる。いわば、実体以上の表現過剰とでもいうべきもの、それを演戯という。最初、私が『芸術とはなにか』のうちに用いた意味は、もちろん、それではない。が、私小説論をめぐる演技説が概念の混乱を招いたらしい。

私はいま虚偽の表現と書いたが、私たちのあいだには、表現そのものにたいする伝統的な不信の念がある。私たちは、はじめから表現に虚偽を見る。「虚偽の表現」ではなく、「表現は虚偽」なのである。私たちの潔癖は、自己表現や自己主張を、そしてあらゆる「芝居気」というものを、本能的に嫌ってきた。平穏な仲間うちの社会においては、ほとんどその必要がなかったからだ。そこでは自己は外部の現実とともに、そのなかに埋没していて、最初から、そして最後まで、それと過不足なく一致していた。多少の違和感が生じても、同時にそれを解消する形式というものがあった。

近代の日本においては、その形式が消滅したばかりでなく、私たちは、あらゆる場所に外部の現実との違和を見いださねばならなくなったのである。適応異常が一般的になった。私たちは自分の道を遮る他人を発見した。それを好むわけではないが、またもちろん、意識的にそれをおこなうわけではないが、結果として、私たちは自己表現や自己主張に追いこまれたのである。それは正確な意味においての自己表現ではない。自己主張を必要としないほどに自己を隠していてくれた自己と他人との間の幕が取り払われ、自己が露出してしまっただけのことである。それまで遠くにあった他人が、いまではすぐ眼の前にある。距離が小さくなってみて、はじめて、私たちはおたがいに自他の違和に気づいた。

私たちはその違和感を解消しようとしてあせる。そうして、表現過剰に陥る。それが、さらに私たちを表現不信に導く。「いやな奴《やつ》」「きざな奴」「にせもの」そういう声に私たちはおびえる。どうしたら、この恐怖からのがれることができるのか。その方法は二つしかない。葛西善蔵《かさいぜんぞう》の方法と志賀直哉《なおや》の方法と。

過剰にせよ、なんにせよ、自分が表現したものに、実生活において追いつくこと。表現されたものを鏡として、現実の自分を化粧すること。さもなければ、過剰表現をつつしむこと。が、どちらの道を辿《たど》っても、私たちは袋小路にぶつかる。どちらもふたたび表現不信に帰りつかざるをえない。

前者にしたがえば、まず第一に、私たちの実生活は表現に追いつきえないであろうし、完全に追いつこうとすれば、前途には敗北か自殺かしか待っていない。いいかえれば、作品が終るように、かれは自己の実人生を、みずからの意思のもとに閉じなければならないからだ。実人生を材料にして、完結した作品を造れといわれれば、私たちは、幸福に終る喜劇よりは、破局と死に終る悲劇のほうが造りやすい道理だ。

第二に、その悲劇にしても、社会対個人の非力《ひりき》をもってしては、とうてい表現に値しうるものを造りえないであろう。表現を鏡として自己を化粧するよりは、むしろ先手を打って、自己の生活を劇化し、それをそのまま表現しようとするわけだが、その手でいけば、当然、生活に枠ができてしまう。理由は単純だ。物理的時間の枠というものがある。材料の生産とその加工とを、同時に一手に引き受ける原始的産業形態では、生産と加工との均衡が必要である。時間は限られている。日常性の破壊といったところで高が知れたもので、表現が目標である以上、その行動半径には限界がある。

表現のために実生活を劇化すること、そこに私小説演技説が生じたわけだが、志賀直哉は完全にそこからまぬかれていた。なぜなら、かれは自己の実生活を表現に従属せしめなかったからだ。かれの倫理感は作品のそとで沈黙する。かれは作品に自己保証を求めない。かんたんにいえば、かれは世間の誤解を恐れないということだ。

そこまでくれば、表現のための演技ということは、はなはだ通俗的な虚栄の原則に還元してしまいはしないか。それは他人の眼の前で自分の行為の辻褄《つじつま》を合せることとしか意味しない。それが実生活においておこなわれようと、作品のなかでおこなわれようと、つまりは同じことになる。表現のために実生活を劇化し、その日常性を破壊するというのもひとつの手だが、生活の日常性は確保しておいて、作品を演技化する手もあるのだ。作家生活における私小説的な演技という前提を逆に利用するのである。いわゆる私小説の読者は、作品に書かれてあるとおりに作者が生活しているとおもいこむ。その錯覚を利用すれば、たとえ作者が実生活どおり写実したとしても、読者にその主人公と作者とがまったく別人だとおもいこませることもできよう。それは依然として私小説ではないか。「演技者としての作家」という前提に頼っていはしないか。表現のために日常生活を演技し破壊するものが芸術家だという前提があればこそ、その意表に出て、日常生活を守る芸術家という見せものが成立するのであり、それがまた演技として通用しうるのである。つまり、現実の作者自身は、作品に表現された主人公、演技する作者の複製を超えているものと見なされる。

ここでは、表現と行動との間の辻褄を合せる必要はないが、そのかわり、表現と意識との間に辻褄を合せることが必要になってくる。過去の私小説が、行動家としての実生活上の演技を要求するとすれば、現在の私小説は意識の演技を要求する。それだけのちがいだ。表現の先手を打たねばならぬのは、作家の生活ではなくて、作家の意識である。表現という鏡の前で自己の現実を化粧する必要はないかわりに、自己の意識を化粧しなければならなくなる。ここで、いちおう芸術と生活との分離がおこなわれたかのように見えて、じつは両者は依然として密著《みっちゃく》している。自己弁解の具としての表現という点では少しも変っていない。なお悪いことに、自意識の運動は現実の次元にまで引きさげられてしまった。平たくいえば、自意識は虚栄心の別名になってしまったのだ。それは自分を眺める世間を相手に、あらかじめ誤解を防ぎ、他人の眼に映る自己の姿を計量し整調することにほかなるまい。それも一種の演技ではあろう。だが、私が『芸術とはなにか』において主張した演戯は、それとは異る。

私たちは、よくこんなことを経験する。たとえば、ひとりで森のなかをぼんやり歩いている。そのうち、ふと視界が開け、一本の木立の向うに山の尾根が見える。そんなとき、私たちは、まえにもここへ来たことがある、そして、この地点から、このままの風景を見たことがある、季節も時刻もまったく同じだ、のみならず、それを眺める自分の気持も、そんな思いをすることがある。あるいは、だれか友だちと話している。その、ある一瞬の相手の表情やしぐさを見て、まえにもこんなことがあったと思う。周囲の家具調度はもとより、その場の条件も、相手と自分との関係も、すべて同じだと思うのだ。だが、それらの経験は、どう記憶の糸をたぐっても憶《おも》いだせない。いや、じじつ、それははじめての経験なのだ。

だれにもあるこういう経験を、私は、次のように解釈する。おそらく、それは意識の弛緩《しかん》状態に起る現象ではなかろうか。視覚のとらえた映像は、最初、弛緩した意識によって見のがされ、無意識の領域にしまいこまれる。そして、それが完全に無意識の底部にもぐりこんでしまわぬうちに、ほんの一瞬おくれてやってきた意識が、その尻尾《しっぽ》をつかまえて明るみに引きずりだす。その瞬間、無意識と意識とが出あい、私たちは、「ああ、まえにも同じことが」と思うのではないだろうか。

このとき、私たちは、まざまざと「ものを見た」という感じにおそわれる。木立や尾根が、友だちの肉体が、いや、それらを眺める自分をも含めて、あらゆる対象が、このときほど明確に、外にある対象として存在するときはない。自分の意識だけが、自分の肉体からそっと足をぬいて、下界を見おろしているような感じに捉《とら》えられる。自分は純粋に意識だけになる。純粋な意識者としての快感を味わう。こういう純粋な意識の前では、時間は消滅する。意識は、平面を横ばいする歴史というものに垂直に交わるからだ。

だが、このばあいに私が純粋な意識と呼んだものは、あくまで消極的なものである。一瞬前の怠慢を前提として、その遅れをとりもどそうとする緊張感にすぎない。それは快癒《かいゆ》期の患者が知る健康感と似ている。純粋な意識の真の緊張感を呼び起すもの、それが私のいう演戯である。

自分を他人に見せるための演技ではない。自分が自他を明確に見るための演戯である。こまが完全に回転しているとき、それは静止の状態を呈する。が、やがて力が衰え、ぐらつきだし、ついに倒れる。この運動をフィルムに写し、逆に映写してみればいい。こまは、はじめ地上をのたうちまわり、なんとかして立ちあがろうと努める。やがて円盤が地上を離れる。そして最後に、心棒は地上に垂直に立ち、静止状態に至る。それとおなじように、私たちの意識は、平面を横ばいする歴史的現実の日常性から、その無際限な平板さから、起きあがろうとして、たえずあがいている。そのための行為が演戯である。それはなにも私小説作法の原理ではない。ひとは、生きていくうえに、それを必要としている。そして、多かれ少かれ、意識するとしないとにかかわらず、だれもが平生それをおこなっている。

演戯によって、ひとは日常性を拒絶する。日常的な現実は私たちを自分の平面に引き倒そうとして、つねに寝わざをしかけてくるからだ。私たちはそれに負けまいとする。あくまで地上に、しゃんと立っていようとする。そのための現実拒否なのだが、それは現実からの逃避ではない。逃避したのでは、私たちは現実のうえには立てない。現実を足場とし材料として、それを最大限に利用しなければならぬのだ。現実と交わるというのは、そういうことである。私たちの意識は、現実に足をさらわれぬように、たえず緊張していなければならぬと同時に、さらに、それを突き放して立ちあがれる「特権的状態」の到来を、つねに待ち設けていなければならない。

厳しい意識者にとっては、もちろん、自己すらも、自己の性格や感覚さえも、自己確立のための足場として利用しうる現実なのである。『嘔吐《おうと》』のなかの女は、腿《もも》の肉を傷つけるいらくさを、そしてその痛みの感覚を、頑強に認めようとしなかった。こういう人間にとって、演戯は、心理的領域に属する虚栄心ではなく、はなはだ倫理的なストイシズムに道を通じている。

自己が他人を、いや自分自身をも、明確に見るための演戯と、私はいった。が、見るというのは、たんなる認識でも観察でもなく、見たものを同時に味わうことにほかならぬ。すでに劇の進行について語ったように、意識は先走りしてはならぬのだ。役者は劇の幕切まで自分のものにしていながら、その過程の瞬間瞬間においては、そのつど未知の世界に面していなければならぬ。先走りする意識は未来をも見とおす。歴史を諦観《ていかん》し観照する。が、認識者の意識は現実と交叉《こうさ》しない。現実から完全に遊離してしまう。文字どおり、現実から足を抜いてしまうのだ。そこには演戯の余地はない。

演戯者にとっては、未来は、知っていて同時に知らぬものである。そのばあい、現実の日常性の束縛から脱却しているがゆえに、時間は停止してしまう。それは意識が上に伸びあがって、時間の外に脱けだしたからであるが、かれの立っている地盤はあくまで現実である。上に脱け出た意識は、足下の現実が時々刻々に動いていることを実感しているはずだ。「特権的状態」を契機として、過去の日常性は消滅し、しかも眼前には未知の未来が横たわっている。演戯者には、すべては見えない。過去と未来とから切り放たれた現在だけが、過去・現在・未来という全体の象徴として存在しているだけだ。前後に暗黒があればこそ、その間の時間を光として感じることができる。その前後には暗黒の淵《ふち》に埋没してしまえばこそ、その間の一瞬に浮びあがることができるのだ。意識は過去・現在・未来の全体を眺めわたせる地位にありながら、しかも限られた枠のなかだけしか見ようとしないから、その間の時間の経過を強烈に味わうことができるのだ。

たんなる認識者の眼には、時間は消滅し放しである。かれには過去・現在・未来が見えている。が、全体が見えてしまったものに、全体の意識は存在しない。いいかえれば、過去も現在も未来もないのだ。ただ模糊《もこ》たる空間があるだけだ。自分が部分としてとどまっていてこそ、はじめて全体が偲《しの》ばれる。私たちは全体を見ると同時に、部分としての限界を守らなければならない。あるいは、部分を部分として明確にとらえることによって、そのなかに全体を実感しなければならない。

そういう二重性が、私たちに演戯を要求する。見て、見ぬふりをする。それがストイックたちの智慧《ちえ》であった。が、これは処世術ではない。じじつ、見ていて、見えないのだ。全体が見えないということは、部分の特権である。個人の特権である。

今日、私たちは、あまりにも全体を鳥瞰《ちょうかん》しすぎる。いや、全体が見えるという錯覚に甘えすぎている。そして、一方では、個人が社会の部分品になりさがってしまったことに不平をいっている。私たちは全体が見とおせていて、なぜ部分でしかありえないのか。じつは、全部が見とおせてしまったからこそ、私たちは部分になりさがってしまったのだ。ひとびとはそのことに気づかない。知識階級の陥っている不幸の源は、すべてそこにある。全体が見とおせた瞬間、全体という観念が消滅する。知識も智慧も消失する。そこには、すべてを知るものの無智があるだけだ。

もちろん、全体を見とおしうるというのは、錯覚にすぎない。マルクス主義的予定調和論者でさえ、無意識の底では、一瞬さきが闇《やみ》であることを嗅《か》ぎ知っている。現代では、仏教的認識論の徹底的観照は許されない。にもかかわらず、私たち個人がたんなる部分にすぎないという覚悟を欠くならば、いや、それを欠いているがゆえに、私たちはたんなる部分的断片以上に出ることができないのだ。全体が見わたせているつもりで、結果としては、無智で無意識な行動家と同様、現実的な時間のうちに埋没し、それに押し流され、部分的断片にすぎぬ自分をかこっている。私たちが個人の全体性を回復する唯一《ゆいいつ》の道は、自分が部分にすぎぬことを覚悟し、意識的に部分としての自己を味わいつくすこと、その味わいの過程において、全体感が象徴的に甦《よみがえ》る。よくいわれる自我の確立というのは、そういうことだ。私たちはいちおう全体を拒否し、時間の流れをせきとめなければならない。拒絶の美徳を忘れて、現実の偶然をなにもかも取り入れるのは、一種のおもいあがりである。部分としての個人にその力はない。なるほど、個人という要素を抜き去って、いいかえれば、自分とかかわりのないものとして、現実を解釈し組織し、全体としての必然性を想定することはできよう。が、それは個人の抹殺であり、同時に非現実的であり、観念的でもある。が、この傾向は、個人の自覚の未熟な日本において強く見られもし、その未熟を助成しもする。

個人の全体性、いいかえれば、その必然性を確立するためには、現実の偶然を拒絶しなければならぬと、私はいった。が、もちろんそれをできるだけ多く取りこむに越したことはない。そうなれば能力の問題である。私たちの現実を見ればすぐわかることだが、私たちは自分の能力を無視して、あまりにも多くの偶然に身をゆだねすぎる。したがって、私たちの意識は、いつになっても現実の平面から直立しえない。現実の偶然のでたらめさにものおじしない現代日本人の美徳、あるいは悪徳は、その偶然を処理し解決する全体的鳥瞰図を、あらかじめ西欧先進国から買いつけてあることの安心から生じたものだ。そういう事情は、たしかに日本の特殊事情ではあろうが、それにしても、私たちは部分としての個人の限界というものを忘れてはならぬ。それは洋の東西と時代とを問わぬ人間の弱さである。

私小説そのもの、それ以上に私小説についての演技説こそ、こういう人間の弱さという観念からほど遠いものはない。同時に、それほど自我の確立という方向と相反するものはない。いわゆる演技説は、あらゆる偶然や、とりとめなさを、生活と作品とのうちに導入する。演技とは、そういう揺れ動く偶然の諸要素を脚下にふまえて、自己の平衡を保つアクロバティックを意味するものである。たんなる対世間的な処世術に堕するゆえんだ。ただ偶然に身をゆだねて飛んだり跳ねたり、しかも見っともなく尻《しり》もちをつかぬというおもしろさがあるだけで、ひとつの必然を生きようという烈《はげ》しい意思は、どこにも見られない。本来、演戯とは現実の拒否と自我の確立とのための運動であるはずだが、いわゆる演技説の演技は現実とのつきあいのよさ、自我の妥協しか意味しない。それは、つぎつぎに押し寄せてくる現実の偶然にたいする限りない自己弁解で終始する。当然のことだ。偶然をすべて受け入れれば、自己は浮気女のように弁解に終始せねばならない。弁解はいつまでもつづく。が、そういう女にも誤解を恐れぬときが来よう。そのとき、かの女は娼婦《しょうふ》になっている。昔ながらの私小説への後もどりだ。

おそらく、私たちの自我という観念そのもののうちに、なにか誤りがあるのであろう。私はこう思う。私たち日本人は、自我のうちに自分と他人という二つの要素しか見ていない。他人を見る自分と、他人に見られる自分と。したがって、自意識というものが、たんに心理的平面においてしかとらえられないのだ。それはあくまで相対主義的である。いわゆる演技が他人に見せるためのものに終始するのも当然であろう。相対的な世界で辻褄《つじつま》が合いさえすれば、事はすむ――そういう演技であればこそ、それは際限もなくつづく。種切れにもならぬかわりに、飛躍もない。単調で、永遠に完結しない。どこへでも行きつくし、どこへも行きつかない。劇における演戯の必然性も全体性も、ついにもちえぬのである。

しかし、自我は自分と他人という相対的平面のほかに、その両者を含めて、自他を超えた絶対の世界とかかわりをもっているのである。それは、すでにいったように、見えぬ未来という形で私たちの前に現れる。あるいは知らなかった過去として甦る。のみならず、他人はつねに自分によって見られつくしているものでもなく、自分もまた他人によって、自分自身によって、知りつくされているものでもない。そうして、未知の暗黒にとりかこまれていればこそ、自我は枠をもち、確立しうるのだ。その枠のないところでは、自我は茫漠《ぼうばく》として解体する。私のいう演戯とは、絶対的なものに迫って、自我の枠を見いだすことだ。自我に行きつくための運動の振幅が演戯を形成する。なんとかして絶対的なものを見いだそうとすること、それが演戯なのだ。ちょうど画家が素描において、一本の正確な線を求めるために、何本も不正確な線を引かねばならぬように。

三

私は『ハムレット』劇について、その主人公ハムレットについて語りたい。かれは、いままで私が語ってきた、そして今後さらに述べていこうとする主題にとって、もっとも恰好《かっこう》な人物である。他のいかなる劇や叙事詩や小説の主人公も、その点では、遠くかれにおよばない。『ハムレット』劇よりもっと劇的な戯曲はいくらも存在する。『リア王』も『マクベス』も『オセロー』も、はるかに劇的である。アイスキュロスやソフォクレスの作品は強烈に劇的である。が、それらの作品には、『ハムレット』劇のもつ自然な暢達《ちょうたつ》さがない。

この脚本が、シェイクスピアの他の作品にくらべて、今日までもっとも観客の人気を持続してきたのは、おそらく、その自然なのびやかさのためである。それがかえってひとびとに、構成上の散漫さと主人公の性格的矛盾とを感じさせてきた。『ハムレット』劇をシェイクスピア最高の傑作として称揚したのは、浪漫派の詩人たちであるが、かれらの誤解による聖化のあとでは、それを裏がえしにした偶像破壊が、しばしばおこなわれた。エリオットのような古典主義者は、『ハムレット』は失敗作だと、はっきりいっている。だが、このばあい、聖化と偶像破壊とは、おなじ理由に拠《よ》っているのである。主情的で、自然発生的な自己内容というものを信じきっている浪漫派にとっては、散漫な構成や矛盾した性格が、かれらの神秘的な芸術観と複雑な近代的個性とを満足させるものであった。が、芸術固有の伝統と形式とを信じ、自己内容などというはなはだ怪しげなものの存在を疑い、前者によって後者を規正しようとしてかかる古典主義者には、散漫な構成や矛盾した性格は許しがたいものだったのである。『ハムレット』劇の構成は散漫ではない。主人公ハムレットの性格も、けっして矛盾していないばかりでなく、あえて複雑というほどのものでもない。すべては自然で、のびやかである。芝居を見にくる普通の観客は、あやまたずそれを見ぬく。そして『ハムレット』劇をすなおに楽しみ、ハムレットに無限の親近感をいだくのである。

私たちは観点を変えなければならないのだ。そのことは、シェイクスピア劇全体についていえる。ギリシア劇やフランス古典劇、あるいは近代劇を鑑賞するばあいとは異った観点に立たなければ、シェイクスピアは充分に理解しえない。ハムレットやマクベスは、オイディプースやフェードルと、おなじ平面を動いてはいないのだ。

シェイクスピア劇の基調は静的なものではなく、動的なものである。固定化された観点からのみ舞台を眺めようとするものは、統一した映像を結びえない。登場人物も、劇そのものも、冗漫と混乱と曖昧《あいまい》と偶然とのうちに落ちこみ、眼前には、ただ劇の断片だけが無意味に継起する。そして全体をつかみえぬもどかしさに襲われるのである。

ある風景の全体像を、おなじ平面から透視しえないばあい、それを空から俯瞰《ふかん》することによって、あるいは、木立や家並の間を経めぐることによって、はじめて全体の姿を把握しうることがある。つまり、私たちは観点を変えなければならないのだ。たえず観点を変えつづけるために、こちらが体を動かしていればいいのだ。シェイクスピア劇は、そうすることによってしか、充分に味わいえない。本質的には、ギリシア劇やフランス古典劇にしても、それが劇である以上、同様なことがいえる。そういうダイナミズムを殺してしまったのは、古典主義そのものではなく、それを古典主義と名づけた近代人の擬古典主義にほかならぬ。

ティボーデが『ドン・キホーテ』を目して「小説の小説」と呼んでいる。『ドン・キホーテ』は「小説のなかでおこなわれた小説の批評」であり、それを読むことによって、読者は同時に「小説生活者」となり、小説生活者は「自己の生活の生活者」となるという。この的確な『ドン・キホーテ』論は、そのままシェイクスピア劇に適用しうる。そのなかでも、とくに『ハムレット』劇は「演劇の演劇」であり、「劇のなかでおこなわれた劇の批評」なのである。のみならず、その観客は、入場料を払い、劇場の椅子《いす》に坐《すわ》って、芝居を鑑賞する見物人であると同時に、「演劇生活者」であり、「自己の生活の生活者」となるのだ。つまり、意識して自己を演戯するものとなるのである。

シェイクスピア劇はそういう芝居である。それは近代劇よりも近代的である。セルバンテスが散文小説史のはじまりにおいて、すでに「小説の小説」を、「小説のなかでおこなわれた小説の批評」を、すなわち本質的には近代小説より近代的な小説を書いてしまったのと同様、かれと同年に、しかも数日の差で死んでいるシェイクスピアは、おなじように「演劇の演劇」を、「劇のなかでおこなわれた劇の批評」を、そして近代劇よりも本質的に近代的な戯曲を近代劇史のはじめに書いてしまった。『ドン・キホーテ』の出版は一六〇五年であり、『ハムレット』の上演は一六〇一年ごろということになっている。かならずしも単なる暗合とはいえまい。はじめに、すべてが語られてしまったのだ。どうも歴史とはそういうものらしい。

最初に、ハムレットは父親の亡霊を見る。かれはそれを信じたのか、信じなかったのか。だが、そのまえにもっと重要な問題がある。ハムレットは亡霊を見たかったのだ。かれは自分が見たかったものを見たまでである。亡霊などというものは主観の所産にすぎぬ――私はそんな単純なことをいおうとしているのではない。

エリオットにいわせれば、ハムレットを支配している感情は、外面的な行動によって表現できぬものなのである。ハムレットがなにをしようと、それで心の憂《う》さがはれるということがない。どんな感情の爆発も、行為の展開も、ハムレットにカタルシスをもたらさないのだ。『ハムレット』劇の多岐にわたる筋だても、ハムレットの気持を表現し、それを正当化するにはたりない。したがって、この作品は失敗作だとエリオットは断定する。そう断定することによって、エリオットは過失を犯した。かれ自身、自分の感情過多を絞めあげるという詩的行為の真実さを除外して考えるなら。

それにしてもエリオットのことばは正しい。ハムレットがどう行動しようとも、シェイクスピアがどんなに激烈に劇的事件を組みたてようとも、私たちは、ハムレットの内部に起る想念に、いかなる対当物を見いだすこともできぬであろう。エリオットは正しい。が、私たちはそういう作品を、なにゆえ失敗作と呼ばねばならぬのか。外面的な行動や事件のうちに、ついに対当物を見いだせぬ心、シェイクスピアが書きたかったのは、それだったと、なぜいってはいけないのか。『ハムレット』劇についてとくにそういえるのだが、シェイクスピアの悲劇は『マクベス』も『オセロー』も『リア王』も、多かれ少かれ、外的条件のうちに適当な対当物を見いだせぬ心というものを描いている。

ハムレットは亡霊を見たかったのだ。過去のすべてを解きあかし、未来の行動への手がかりとなるものを、しかと見とどけたかったのである。『ハムレット』劇がたんなる復讐《ふくしゅう》劇にすぎぬものなら、ハムレットの行動は、現実の事件そのもののうちに、きっかけを設ければ事たりよう。が、ハムレットは自己の行動のきっかけを現実のうちに求めることを拒絶する。ハムレットは理想家だからである。理想家であるハムレットは、現実のそとに、自己をうながす行動のきっかけを求める。かれは亡霊が見たかったのだ。

ハムレットはシェイクスピアそのひとだといわれる。もしそれが私小説的な意味においていわれるなら、まちがっている。が、『ハムレット』劇の作因は、外から与えられていない。ハムレットの内的感情に対当物がないというのは、劇の作因が外側から与えられていないということであり、ハムレット自身、自己の劇的行動の作因を捜し求めているということにほかならぬ。ハムレットは私人シェイクスピアの内的告白の所産ではないが、劇的作因を設定せねばならぬ劇作家シェイクスピアの仕事をそのまま背負わされていることはたしかだ。ハムレットは劇中人物であると同時に、自己を素材として劇を作らねばならぬ立場に身を置いている。『ハムレット』劇が「演劇の演劇」であり、「劇のなかでおこなわれた劇の批評」であるゆえんは、そこにある。『ハムレット』劇の散漫な構成も、ハムレットの性格の矛盾も、すべては、劇中人物にして作劇者、動かされるものにして動かすもの、操られるものにして操るもの、これらの二律背反から生じたものにほかならぬ。優柔不断の懐疑家という俗説も、やはりここから発している。なるほど、ハムレットは逡巡《しゅんじゅん》する。のみならず、自分を薄志弱行の徒と、みずから断定する。

それにひきかえ、このおれのふがいなさ、まったく手のつけられないぐうたらではないか。いつも夢見心地の怠者よろしく、大事を忘れて、言うべきことも言えず、いたずらに日を送っている。悪党のために王位も命も奪われた国王、自分の父親のためだというのに。ええい、おれは卑怯者《ひきょうもの》か？　誰だ、おれをやくざ呼ばわりするやつは、おれの頭をぶちわり、ひげを引きぬいて、この顔にたたきつけるやつは？　この鼻をねじあげ、嘘《うそ》つきめと罵《ののし》るやつは誰だ？——そんな無礼なやつは、ええい！　畜生、なんと言われようと文句は言えぬ。鳩《はと》のように気の弱い腑《ふ》ぬけでもなければ、いつまでこんな辛《つら》い我慢をするものか。今ごろは、あの下司《げす》野郎の腐肉を餌《えさ》に、大空の鳶《とび》を肥やしてやっていたろうに。血にまみれた女たらし！　恥知らず、恩知らずの悪党！　人非人！　好色漢！　おお、復讐！所詮《しょせん》、駑馬《どば》でしかないのか、おれは。ふむ、まったく見あげた根性だ、きさまは。最愛の父親を殺され、天地も見かねて怨《うら》みをはらせとせきたてているのに、ただもう淫売《いんばい》よろしく、口さきばかり、廉《やす》っぽい想《おも》いを吐きちらし、罵りわめくだけではないか。女々しいぞ！　なんとか言え！

（第二幕第二場）

これに先だつ第一独白においても、また第三幕第一場の「生か、死か」にはじまる第三独白においても、戦場に赴くノールウェイ兵を見送る第四幕第四場の第五独白においても、ハムレットはつねに自分の反省癖を責めている。が、いかなるばあいにも、劇中人物が自分の性情を語ることばを、そのまま鵜《う》のみにしてはいけない。このことはなにもシェイクスピア劇にかぎらぬ。いや、劇中人物にかぎるまい。ひとが自分自身について語ることばを、私たちはそのまま信じるわけにはいかない。私たちにとって、もっとも規定しにくいもの、それは自分だからだ。

が、ハムレットのばあい、問題はそれだけではない。コーリッジがいっている——

驚くべき力と正確さとをもって、ハムレットは「自分自身の感情をよく知っており、自己の反省癖を的確に、力づよく表現する。」そのとおりだ。ハムレットは自己の反省癖を的確に、力づよく表現する。それによって、私たちが感じることは、ハムレットが反省家だということではない。私たちは、かれが反省家を明確に意識して、極限までそれを演戯しようとしているという事実を読みとるのである。

右に引用した第二独白を見るがいい。自己を責めることばはあくまで力づよく、つねに最短距離を通って目的に迫る。その速力の早さ。内攻的に自己を鞭《むち》うつかとおもうと、つぎの瞬間には、ひるがえって外に向い、敵をののしるその転換のみごとさ。これは優柔不断などというものではない。独白そのもののうちにこもる直線的な行動力。私たちはハムレットの行動的な精神を疑うわけにはいかないのである。

ハムレットは劇中人物であると同時に作劇者である。のみならず、かれは劇中人物でありながら、また観客の指導者でもある。なぜなら、ハムレットは、ハムレット自身の内的必然性、あるいは『ハムレット』劇の外的必然性によってのみは行動しない。同時に、かれは観客の眼を、その感情を、心理を、思想を、つねに誘導しようとして、

『ハムレット』劇のなかを、忙《せわ》しく、敏捷《びんしょう》に立ち廻る。かれは自己の性格を解剖し、自己の死を解説し、そしてそれを、死に至る過程を演戯する。

ハムレットはつねに明確に自分の置かれた地位を意識している。他の登場人物、外的条件、それと自分との関係を、即座に、的確に、読みとる。同時に、ハムレットはそれをすなおに受けいれる。かれの意識は極度に明澄《めいちょう》ではあるが、そのことはかれを閉鎖的な自意識家や空想家に仕たてあげはしない。極度に強烈な意識のために、ハムレットは徹底的に現実家にならざるをえなかったのだ。ただこの現実家は、現実家であるがゆえに、与えられた現実の様相を見あやまることはなかった。かわりに、ただその現実が気に食わなかったのである。現実が気にいらぬ現実家というのは、ことばの矛盾ではない。現実がありのままに映っていない空想家の眼にのみ、現実はしばしば薔薇色《ばらいろ》に輝く。かれらは現実に媚《こ》び、現実に媚びられ、なれあいの生涯を送る。

ことばを綿密に選択するならば、空想家とは理想主義者のことである。が、理想家のことではない。理想家は同時に現実家である。が、理想主義者に対立するものは、現実家ではなくて、現実主義者である。理想主義者は、理想と現実との一致を信じ、それへの努力に生きがいを感じている。現実主義者は、両者が一致しないことを知って、生活から理想を追放して顧みない裏がえしの理想主義者にすぎない。現実家は同時に理想家である。かれは理想と現実との永遠に一致しないことを知っている。かれにとって、現実に転化しないからこそ、理想は信じるにたるものであり、理想に昇華しないからこそ、その生きにくい現実は、いつまでも頼りになるものなのである。ハムレットは、そういう二律背反のうちに生きている。かれは亡霊が見たかった。現実のなかにおける、自分の行動のきっかけがほしかったのだ。が、亡霊は、ひとたび見てしまえば、それもまた現実の一因子にすぎぬ。

いつかの亡霊は悪魔の仕業かもしれぬ、悪魔は自由自在に、かならず人の好む姿を借りて現れるという。あるいはこちらの気のめいっているのにつけこんで、おれを滅ぼそうという腹かもしれない。こういうときは、とかく亡霊などに乗ぜられ易《やす》いものだ、もっと確かな証拠がほしい――それには芝居こそもってこいだ、きっとあいつの本性を抉《えぐ》りだして見せるぞ。

（第二幕第二場）

現実家ハムレットは、こうしてふたたび現実そのもののうちに、行動のきっかけを求めはじめる。それは、懐疑とか、反省とかいうものではない。まして、性格上の矛盾や分裂破綻《はたん》を意味するものではない。理想家でありながら現実家であるという二律背反——それはハムレットの、のみならず人間生得の、生きかたなのである。

ハムレットは、自己の宿命を待ち構えている人間である。いいかえれば、これが宿命であると納得のいく行為の連続によって、自己の生涯を満したいと欲している人間なのである。が、ハムレットは、最初に、私たちのまえに、宿命を失った人間として、それをどこかに見つけださなければならぬ人間として登場する。かれは、まず、王位継承権を失った王子なのである。王子とは王位継承権をもった人間のことだ。ハムレットの地位はすでに矛盾を含んでいる。

父王が死ぬ。その弟に母が嫁《か》する。それによって、ハムレットは二度、父を失うのである。たんに王位を簒奪《さんだつ》された王子なら、それを取りかえせばいい。ハムレットのばあいは、そうはいかぬ。ひとは好んで、ハムレットの母親にたいする愛情にエディプス・コムプレックス的性愛を見たがるが、そういう複雑な近代的解釈によって、事をむずかしくする必要はない。話はもっと単純なはずである。ハムレットは、王位と自分との間に母親が立ちはだかっているのを知らねばならぬのだ。母親の存在によって、ハムレットは王位を二重に奪われているのである。単純な復讐劇によっては、かれの宿命はあらわにされない。かれは、もし父が死なかったら、すなおにふるまえたであろう王子の地位を、そして、いずれは生れながらの名君として、意識せずに生きたであろう自己の宿命を失ってしまったと同時に、父王を殺された多くの王子に、かえって生きがいを感じさせたはずの復讐劇の主人公たる宿命をも失っているのである。

ハムレットは、なにをしてもいいが、なにもしなくてもいい。ただ、かれはなにかをせずにはいられない男なのである。なにごとかをしなければならない。しかも、なすべくしてなさねばならぬ。事は起るべくして起らねばならぬ。ハムレットのうちには、亡霊を見たがる男と同時に、それを拒絶しようとする男が棲《す》んでいる。宿命を欲するハムレットは、一方では宿命を却《しりぞ》けようとしているのだ。そのことについて、吉田健一は、こういっている――「彼は自分が抱いた思想に、人間たる自分を少しでも犠牲にすることを拒否している。」つまり、思想と人間生活、理想と現実、この両者のあいだに引き裂かれ、しかも、いずれかを他の一方のために犠牲にすることを拒否する男として、ハムレットは描かれている。

この二律背反は、そのまま宿命と自由との二律背反に通じる。ハムレットは、与えられた宿命をすべて受けいれながら、しかも無限に自由であり、闊達《かったつ》である。意識家としてのかれは、つねに自分はこういう男だと自己規定するが、その断定の強さと確さとにもかかわらず、行動家としてのかれはすこしもそれに捉《とら》われない。ハムレットはみずから好んで自分に枷《かせ》をはめながら、それを毀《こぼ》ち、そこから脱けだすことに、ひとり興じているようにみえる。いわば自分と隠れん坊を楽しんでいるのだ。読者が『ハムレット』劇の構成に、とかくその主筋を見うしないがちな理由も、またハムレットの性格に分裂と矛盾を見いだす理由も、おそらく、そこにあろう。

が、自分との隠れん坊に打ち興じているハムレットの姿に、いささかも自己韜晦《とうかい》の影は見られない。ハムレットは子供のように無邪気である。自分はなにものにでも成れるとおもっている。じじつ、かれはなにものでもありうる。いかなる作品の悲劇的英雄を見ても、ハムレットほど陽気な諧謔《かいぎゃく》を弄《ろう》する人物はいない。しかも、かれの諧謔は、どんなに痛烈なばあいでも、また一見、下品に見えるばあいでも、その天性において、つねに品格を保っている。天真爛漫《らんまん》な子供が、どんなに穿《うが》った毒舌や卑猥《ひわい》な野次を放っても、無邪気な魂を裏切り示すようなものだ。無垢《むく》な心というものは、品ということと、そのことにも捉われないからである。

ハムレット　お姫様、お膝《ひざ》の間に割りこんでも苦しゅうないかな?
オフィーリア　いけませぬ、そのようなことを。

ハムレット　いや、ただ頭をのせるだけさ。それでも？
オフィーリア　いいえ、どうぞ。
ハムレット　なにか野卑なことでもと？
オフィーリア　べつに、なにも。
ハムレット　女の子の膝の間に寝るというのは、それほど大したことでもあるまいが。
オフィーリア　え、なにが？
ハムレット　べつに、なにも。
オフィーリア　なんですか、大層おはしゃぎになって。
ハムレット　誰が、わが輩がか？

（第三幕第二場）

こういう箇処に出あっても、私たちはハムレットの無邪気さを見あやまりはしない。佯狂《ようきょう》——そんなものではない。狂気を証明するために、あるいは、佯狂に託して女に厭味《いやみ》をいうために——そんな手のこんだものではない。これらの卑猥なことばは、もっと手放しのものである。ハムレットはいつでも手放しだ。敵の手中にありながら、大人の眼から見たら危いとおもわれるくらい、つねに無警戒である。ポローニアスが明らかにかれを裏切り、探りを入れてくるのに出あっても、ハムレットはそれを知りながら、依然として危い橋を渡る。しかも、陽気に、なんの屈託もなく。

私たちの常識は、もしそれらの言動が緻密《ちみつ》に計算された佯狂でないならば、単純な狂気そのものだと判断しかねない。故意のものか、無意識のものか、そのどちらかであることを欲する。なるほど、それを佯狂と考えるよりは、真の狂気と見なすほうが、私には真実に近いとおもわれる。なんにでもなれるハムレットは、瞬間的には狂人にもなれる。意識的ハムレットは、かれが徹底した意識家であるがゆえに、自己の意識を安心してどこかに預け、意識から遮断されたところで、自由にふるまっているのだ。

幼友達のギルデンスターン、ローゼンクランツに、劇中最初に出あうときも、ハムレットは無邪気に再会を喜んでいる。意識的な「お芝居」ではない。身分も環境も教養もちがっている昔の友人、しばらくぶりで会ってみれば、そこになんのつながりも感じられぬ友だち、そういう連中にたいして、ハムレットは意識的にかれらの水準にまで身を落して、話の調子を合わせようと努めているのではない。かれは、ごく自然に、ギルデンスターン、ローゼンクランツの水準に立っているのだ。自分のうちの、いわば下等な趣味にたいして、ハムレットはつねにすなおである。けっして逆らわない。かれは二人の友人に向っていう、「おお、よく来てくれた！　元気か、ギルデンスターン？　ああ、ローゼンクランツ！　なつかしいぞ、二人とも元気だろうな？」いうまでもなく、これはハムレットの本音である。

ローゼンクランツ　どうやらこうやら、まず生きているというところで。

ギルデンスターン　しあわせにも、しあわせすぎないというところで。幸運の女神の肩におぶさってというわけにはまいりませぬ。

ハムレット　といって、その踵《かかと》にふみにじられるというほどのこともあるまい？

ローゼンクランツ　まさか、そのようなことも。

ハムレット　それなら、女神の、ちょうど腰のあたりにしがみついて、御《ご》利益《りやく》の半分くらいで、ほどよく満足しているというわけだな？

ギルデンスターン　は、けっこう御利益をいただいているほうでございましょう。

ハムレット　女神の乳房をまさぐったりしてな？　うむ、いかにもありそうなことだ、あいつは淫売だからな。

（第二幕第二場）

ハムレットの諧謔は底ぬけである。こういうとき、かれは完全に復讐《ふくしゅう》の大事業を忘れてしまっているかのようだ。が、陽気にはしゃぐハムレットのあとには、すぐ激越なハムレットが、沈痛なハムレットが、私たちのまえに立ち現れる。そのときでも、まえにいったように、かれは意識を失ってはいない。感情に溺《おぼ》れる自己を明確に意識して、それを演戯している。諧謔を弄するハムレットが、ひどく意識的でありながら、完全に意識を放下しているのと同じだ。

意識は自他の現実をけっして見そこないはしないが、無垢《むく》な魂というものが、どんなばあいにも、その小心な意識に拘束されることなく、のびのびと生きぬける。冒険好きな精神は危険を予知しないからではなく、危険と知りながら、いよいよそれに出あうまでは、それに備える用意をしないものだ。ハムレットはローゼンクランツやギルデンスターンやオズリックの性根を見あやまってなどいない。ただ、かれは事前に警戒しないだけのことだ。かれには下司《げす》のかんぐりができない。それでいて、ハムレットは、見るべきものはちゃんと見ている。かれはホレイショーの無私な心と役者たちの素朴とだけを信じていた。かれの環境は、人の心の信ずべからざることを、かれに教えた。だれも信じられない。が、かれみずから、そういう観念をもって、ひとに接しはしない。人の心の醜さがつねに眼に映じていながら、必要もないのに、それをあばきたて、あえて自他の間に隔壁を設ける狷介《けんかい》さは、ハムレットの与《あず》り知らぬものである。

　こうしてハムレットはめまぐるしく、ときには軽率に行動しながら、意識の世界では一歩も動かず、じっと自己の宿命が完成されるのを待っている。かれは完全に無垢であるがゆえに、そして完全に意識的であるがゆえに、計量を事とする用心ぶかい個性の手が、自己の宿命を造りあげるものでないことを知っている。ひとの眼には自己分裂的とさえ見える偶然にまかせた自由闊達な運動が、宿命の必然に通じるものであることを知っている。こうして動かずに待つ意識を中心に、力一杯うごきまわること、それが演戯なのである。

「ハムレットとラスコオリニコフ」のなかで、小林秀雄はこういっている、「ハムレットは、出来る事なら、純粋な、意識の権化《ごんげ》として生きたいのである。」

彼は、寛大で鷹揚《おうよう》であり、復讐を遂行する勇気も工夫も欠けてはいまい。ただ総じて行為というものが、彼のただ一人でありたいという希《ねが》いを乱すのである。ハムレットの行為は、衝動的に、機械的に、殆《ほとん》ど自己防衛の様な形でしか行われない。それに比べると、彼の独白の方が、よほど自発的な力強い行為にさえ思われる。ところで、ハムレットは、結局、不様な形ではあるが、復讐を遂げる。何が彼を復讐に追いやったのか。止《や》むに止《や》まれぬ正義感でも怒りでもない。そういうものこそ、独白によって、彼が故意にかき立てる必要のあるものだ。何んの因果で、彼は芝居をしなければならぬか。ハムレットにはわからない。ここに、ハムレットの不透明性がある、という事を、恐らくシェクスピアはよく知っていた。

河上徹太郎も『孤独な芸術幻想』のなかで、同じようなことを述べている。

ハムレットは「疑う」人ではなくて「信ずる」人である。つまり亡霊を見て信じたのは、あれだけの登場人物の中で彼一人であり、この信念の下に直情径行して死ぬのである。

そのあとで、河上はまたこういっている、「偉大な意識家は常に偉大な行為者である。」

ハムレットのような精神を前にしては、私たちはホレイショーのように沈黙するのが一番いい。ホレイショーはハムレットの生きかたを信じているがゆえに、ひとことも忠告しない。かれの役目はただやさしく相槌《あいづち》を打つことだけだ。そして、ハムレットがかれ自身の宿命を完成するのを、じっと見まもっているだけだ。ホレイショーの信頼が揺らぐかに見えるのはただ一度だけ、最後の決闘を前にして、ハムレットが不吉な予感を物語るときである。ホレイショーは、はじめて自分の意見をいう――「お気がすすまぬなら、無理をなさらぬほうが。すぐ奥へまいって、御気分のわるいよし申しあげ、お出ましをお止めしてきましょう。」

いや、もう一度、ホレイショーがハムレットの行動を掣肘《せいちゆう》することがある。亡霊を追って行こうとするハムレットを、ホレイショーは押しとどめる。だが、ホレイショーは、つねにゆずる。自分の沈黙は、おそらく親友の死を招くであろうと予感しながら、そういうときでも、ホレイショーは沈黙する。なぜなら観客代表であるホレイショーは、悲劇の主人公が死に至る過程を必然化しようとしておこなう演戯に、口だししてはならぬことを知っているから。

四

かつて、私は『マクベス』論を書いた。そのなかで私は『マクベス』と『ハムレット』とを比較したことがある。もちろん、シェイクスピアのような作家においては、マクベスはマクベスであり、ハムレットはハムレットであって、それ以外のなにものでもなく、両者の比較考量からシェイクスピアの個性や人となりや製作意図を抽出しようとする試みは、その場なりに成功するであろうが、それだけの話にすぎない。シェイクスピアについては、その個性については、なにも語りえないのである。二十年前に書いた私の『マクベス』論は、その点、多少のおもいすごしがあることを否定しえない。

といって、シェイクスピアは「千万の心をもった」偉大なる個性の持主であるがゆえに、その奥には群盲の窺知《きち》しえぬ世界がある、そんなことをいおうとしているのではない。作品を詩人がおのれの姿を映す鏡と見なすのが浪漫派流の近代的解釈であるとすれば、「千万の心をもった」偉大なる個性というのも、同様の解釈から発し、それを押しひろげたものにすぎない。シェイクスピアは生きた人間が動きまわる姿を愛し、それを作品に写しとったのである。劇詩人としての才能を除いては、かれは一個の凡庸人だったに相違ない。群盲の窺知しがたい個性的人格など、その片鱗《へんりん》すら無かったであろう。

『マクベス』と『ハムレット』において、自分が共通な主題を追求していることを自覚していたシェイクスピアというものを想像することは、いまの私には不可能である。『マクベス』を書いているときのかれにはマクベスしか見えなかったのであり、『ハムレット』を書いているかれにはハムレットしか見えなかったのだ。ただ、まちがいなくいえることは、凡庸な一市井人《しせいじん》にすぎなかったシェイクスピアは、そのときどきに創造しつつある非凡な主人公にくらべて、自分がはるかに劣っていることを自覚していたにちがいないということである。おそらく詩人としてはかれらより上だという事実さえ自覚していなかったであろう。

シェイクスピアの悲劇は、過去のほとんどすべての悲劇がそうであるように、史実や物語から採られたものである。当然のことである。すでに起った典型的な行為をまねようとすること、そこに劇の本質があるからだ。劇の作者は主人公をまねようとする。実生活においてではなく、創作行為において、作者は主人公をまねる。そして役者や見物は、劇場において作者の描いた主人公をなぞり、まねる。

アリストテレスは『詩学』において悲劇を論じながら、こういっている。

物まねは、人間にとって、すでに幼時から自然のものである。人間が他の下等動物にまさるゆえんの一は、人間が地上もっとも物まね的な生きものであり、まず物まねによって知りはじめるということである。とすれば、万人が物まねの行為に喜びを見いだすというのも、また自然である。

そういう人間固有の性質から、アリストテレスは悲劇をつぎのように定義づける。

壮大さを有する、立派な、あるいは典型的な、そして完璧《かんぺき》なる行為の物まね、さらに、それが快いことばで書かれており、しかも、その物まねがいくつかの場に分たれながら、物語によらず、行動する人間によって展開され、最後には恐怖と憐憫《れんびん》の感情に訴えて、そうした情念からの解放に導くもの。

悲劇的な人物をまねたいという衝動を、作者の心に、あるいは役者や見物に起させるのは、その行為が「立派な、あるいは典型的な、そして完璧なる行為」であるからだ。それが悲劇であり、破局と死とに終ることを、私たちは一向いとわない。私たちに堪えられないのは受苦そのものではなく、無意味な受苦なのである。偶然の受苦、とばっちりの受苦、自分の本質にとって必然でない受苦、それが堪えられないのだ。典型的な、そして完璧な行為というのは、強度の必然性に貫かれている行為ということであり、たとえそれが死への過程でしかなくとも、私たちはつねにそれを愛してきたのである。

いや、むしろ死に至る過程であるからこそ、それは私たちに愛されてきたといえる。なぜなら、いかなる自由意思にとっても、死だけは、ままならぬものであるからだ。死だけは、つねに偶然の手にゆだねねばならず、これを必然化する手だては自殺をおいて他にない。それだけに死を必然化しようとする衝動は、人間のうちに早くから存在し、今後も永遠に存在しつづけるであろう。いかなる個人も、もしその生涯を必然化しようとするならば、べつのことばでいえば、完全に自由であろうとするならば、自分の死を必然化しなければならぬのである。人間にとって唯一《ゆいいつ》の不可能事である。が、悲劇の主人公は、私たちに代って、それをやってくれる。そして、かれらの死がことごとく自殺に似ているのは、この不可避なるものに向って、みずから歩み寄るかのごとき一糸みだれぬ行為の統一性のためにほかならぬ。イエスの生涯がひとびとに愛されてきたのもそのためである。

それなら、『悪霊《あくりよう》』のなかのキリーロフの自殺が、悲劇的でなく、喜劇的にさえ見えるのはなぜか。かれは死を自由意思の支配下におこうとし、そのために自殺した。なるほど、かれの欲した必然性は手にはいったかもしれぬ。が、それは、いわば廉《やす》く身を売ったからにすぎない。かれは自分の心身に受苦の手間ひまをかけることを省いている。かれは死神に身を売りしぶらなかった。自由意思による必然の死であったはずのものが、過失による事故死のごとく偶然事に見えるのはそのためである。所詮《しよせん》、キリーロフの死は物語の主筋をなさず、あくまで挿話的な位置にとどまらざるをえないのだ。ドストエフスキーは死に追いやられたスタヴローギンのほうが、死を追いつめたキリーロフよりも、物語の主人公にふさわしいことを知っていたのである。

私たちは死の先手を打つことによって死に勝つことはできない。死にたいしては、永遠に後手しか引けないのである。最後まで後手を引きとおさねばならない。つまり、あくまで死から逃げ切ろうとしながら、死に近づいていく以外に手はないのだ。悲劇の主人公はつねにそうしている。かれらにとっては、死から遠ざかろうとして歩む方向が、つねに死への方向と一致する。人間のおこなうすべての行為についていいうることだが、それが真に必然であるためには、その事前において、すべてを偶然にまかせなければいけないのだ。偶然のなかに自分を突き放すこと、のみならず、できうるかぎり必然を避けること、そうしなければ、私たちは自分の宿命に達しえない。

ハムレットはこのアイロニーを、他のいかなる悲劇の主人公より自覚していたというだけのことである。が、ハムレットのように自覚こそしないが、すべての悲劇の主人公はこのアイロニーのなかに身を置き、それを実践している。ただアイロニーを自覚していたハムレットは、宿命の必然性を純粋に発現させるためには、できるだけ必然性から逃げなければならぬことを知っていた。必然を求めるものにとって、もっとも誘惑的なのは、仮装の必然性である。下手な劇作家が因果の必然によって劇の筋を盛りあげていこうとするところで、ハムレットは軽躁《けいそう》な諧謔《かいぎゃく》でその腰を折る。それが「劇のなかでおこなわれる劇の批評」となり、一見『ハムレット』劇の悲劇性を弱める働きをする。

『マクベス』劇においては、すべては、より単純であり、純粋であり、緊張した一貫性によって保たれている。シェイクスピアの四大悲劇のうち、もっとも純粋な悲劇といっていえないことはない。だが、かつて『マクベス』論を書いたとき、私はマクベスをハムレットとくらべて、ひとつの疑問をいだいた。もちろん、この二人の主人公は、身分において、環境において、性格において、すべてが異っているにもかかわらず、ただひとつの共通点がある。それは、宿命と自由、必然と偶然、二人とも、この二律背反を意識しているということだ。が、両者の間には、明瞭《めいりよう》なちがいがある。

ブラッドレーは『マクベス』と『ハムレット』と『オセロー』とを比較している。この三つの悲劇の主人公は、『マクベス』においては魔女の予言、『ハムレット』においては亡霊の告知、『オセロー』においては奸臣《かんしん》の讒言《ざんげん》、それぞれ外部の偶然に身をゆだねることによって、あるいは急速に、あるいは徐《おもむ》ろに、破局に向って進んで行く。が、ブラッドレーによれば、この三人のうち、自分の悲劇の作因にたいして、マクベスがもっとも自由な立場にある。かれのことばを、そのまま用いれば、マクベスは「ハムレットよりも、さらに自由である。」それは当然だ。王子ハムレットにとって、父王の亡霊は、魔女の予言や奸臣の讒言よりは、はるかに内部的必然性をもっている。

そして凱旋《がいせん》将軍マクベスにとって、王位簒奪《さんだつ》をそそのかす魔女の予言は、情熱的な夫オセローの嫉妬心《しっとしん》を煽《あお》る奸臣の讒言よりは、はるかに信じにくいものなのである。マクベスは自由でありえた。それにもかかわらず、かれは自分の宿命を探りあて、性急にそれに到達しようとあがく。ハムレットが恐れて避けようとしていた自己の必然性を、マクベスは狂気のように追い求める。前者はそれを信じていたからであり、後者はそれを自己のうちに信じられなかったからである。かれは自己の歴史を、自己のうちに内在する力によって書くことができず、たえず心の空虚を感じている。その空《むな》しさを満たすために、外部的な偶然事を頼り、事件のつらなりをもって歴史の頁《ページ》を埋めようとこころみる。かれは魔女の予言にすがり、妻の力に頼る。そして、つぎつぎに起る破綻《はたん》をのがれようとして、そのたびに魔女の予言にすがりつき、そのたびに裏切られ、そうして破局に近づいて行く。

王位簒奪者マクベスは外部的なものによって自己を立証しなければならぬのだ。なぜなら、人は眼に見える外形的な行為によってのみ測られる。行為以外に自己を形づくり決定するものはない。外面的な行為のほかに内的動機を信じないというのは、おそらくエリザベス朝時代における一般イギリス人の、かなり普遍的な生活態度であったようにおもわれる。のみならず、この頑《かたくな》な一種の現実主義は、その後のイギリス精神、イギリス文学の性格を決定し、大陸の文学との間に大きな差をもたらした。吉田健一が『リア王』について語ったことばは正しい。かれによれば、そこには憎しみの神はあるが、救いの神はない。なぜなら、地上における失敗は、永遠にとりかえしがきかぬからだ。神は人間の外部的な行為について罰するのみで、その内的動機によって救いとろうとしないのである。

リアだけではない。マクベスだけではない。オセローも、そしてハムレットも、そういうエリザベス朝時代の生活態度からまぬかれてはいない。なるほど、ハムレットは誘惑的な仮装の必然性を却《しりぞ》けてきた。安易に自己の宿命を信じまいとした。が、そうすることによって、かれは最後に自分の足をすくった偶然の死を、そのままに自己の必然と観じえたであろうか。行為の結果からのみ判断する他人の眼に、安んじて自己の評価をゆだねることができたであろうか。それはできなかった。死をまえにして、ハムレットはホレイショーに、他人の眼には見えぬ自己の心事を語り告げるように頼んでいる。それも三たびくりかえして頼む。

ホレイショー、もうだめだ、せめて、お前だけでも、生きて、伝えてくれ、事の次第を、なにも知らぬ人たちにも、納得のいくように、ありのまま。

頼む、ホレイショー、このままでは、のちにどのような汚名が、残ろうもはかりがたい！　ハムレットのことを思うてくれるなら、ホレイショー、しばし平和の眠りから遠ざかり、生きながらえて、この世の苦しみにも堪え、せめてこのハムレットの物語を……

おお、ホレイショー、これでお別れだ、激しい毒が五体の隅々まで、もう頭もしびれて。イギリスよりの使いを待つ間も保《も》たぬ命、そうだ、一言、さきのことを、国王にはフォーティンブラスが選ばれよう、そうするように、それが、死にのぞんでの、ハムレットの遺志だ。フォーティンブラスにも、そう伝えてくれ、始終の仔細《しさい》もな——もう、何も言わぬ。

（第五幕第二場）

ハムレットは世間の誤解を恐れている。もちろん、そこには悪びれに類したものはない。それは聴くものの耳を誣《し》いる弁解ではない。私たちはそれをすなおに聴くであろうし、またハムレット自身、この最後のことばが聴かれなくとも、みずから恃《たの》むものによって静かに死んでいけたであろう。「もうこれ以上は沈黙あるのみ。」ハムレットはそういって諦《あきら》める。マクベスにはそうした諦観《ていかん》がない。私が『マクベス』論でいいたかったのはそのことだ。

マクベスは世間の誤解を恐れているのではない。かれははじめから誤解されるようななにものももっていない。かれが恐れているのは、むしろ世間の正解である。自分の正体を見やぶられることが恐しいのだ。他人の眼に見える外面的な行為以外に自己はないというのは、自分の眼にすら見えぬ自己を恃むハムレットにとって、生活信条であった。が、マクベスにとって、それは生きかたではなく、かれ自身の現実であった。たしかにマクベスには、王冠や地位や権力、またそれを獲得し維持するための行為以外に、自己は完全に空虚である。そして『マクベス』劇の最後で、そういう自己以外のすべてが剝落《はくらく》し、マクベスは完全に徒手空拳《としゅくうけん》になる。

このとおり頼みの楯《たて》も投げすてる、打ってこい、マクダフ、途中で「待て」と弱音を吐いたら地獄落ちだぞ。

（第五幕第八場）

これがマクベスから聴かれる最後のことばである。このあとで、かれはマクダフに殺される。ブラッドレーはいっている――「地獄に落ちる道すがらに、なんと恐ろしくはっきりした自己主張であろう。」そのとおりだ。マクベスは自分の敗北を見とおしている。最初から見とおしているのだ。かれにとって、他人の眼に見える自己しか存在しないというのは、すでに自分の眼に見えぬ自己を信じていないからである。ブラッドレーの指摘したとおり、マクベスの自意識は強烈である。自分のうちに自分が見たもの以外を信じることができぬほどに。そういう頑な自意識にとって、自己はつねに空洞でしかない。矛盾するようだが、マクベスは自己を恃みすぎるのだ。かれは自分の手で自分を解説しきらなければ安心できぬ男なのである。

それができぬとさとっても、かれには逃げ道がない。自分に「地獄落ち」を宣告する以外には。その「いさぎよさ」は、キリーロフの自殺による自己証明と似ている。マクベスは死を待たないで、死を追いかける。かれの「いさぎよさ」は、いわば破滅への意思である。ハムレットは最後まで逃げようとする。死から、そして誤解から。ゆえに『ハムレット』劇では、クライマックスのあとで、長いアンチ・クライマックスが続く。捲《ま》き切った発条が、ゆっくりほどけていくように。ホレイショーの「おやすみなさい、ハムレット様」というせりふとともに、それは最後の静止状態に到達する。『リア王』においても同様である。苦しみにあえぎながら、リアのいう、「頼む、このボタンをはずしてくれ」という一句は、私たちの緊張を静かに解きほごす。自殺したオセローにさえ、それがある。ただ『マクベス』にだけ、アンチ・クライマックスがないのだ。

マクベスは駄犬が打ち殺されるように死んでいく。外部の条件にたいしてもっとも自由であったはずのマクベスが、死にたいしては、もっとも自由でありえない。ハムレットも、リアも、オセローも、自分の死を意識したことばを吐いて死ぬ。マクベスだけが、しかも劇中たえず自己を演出しつづけてきたマクベスだけが、私たちのまえに自己の死を演出することを禁じられている。死にたいして、もっとも意識的であったかれだけが、自分の死を眺めることができないのだ。アリストテレスは悲劇の効果を「恐怖と憐憫」といったが、シェイクスピアの四大悲劇のうち、『マクベス』だけが、私たちの憐憫を拒絶する。マクベスにもっとも似ており、より傲慢《ごうまん》で頑だったコリオレイナスでさえ、いくぶん私たちの憐憫を誘う。が、マクベスの性格には微塵《みじん》のやさしさもない。

シェイクスピアが四大悲劇を通じて、あるいは『ハムレット』と『マクベス』とを通じて、宿命と自由、必然と偶然、理想と現実、これらの二律背反を意識的に追求したとはいわぬ。が、かれ自身の意識しえなかったところで、民族性と時代とが、大きくかれの作品を決定していたであろうことは疑えない。エリオットの『シェイクスピアとセネカのストイシズム』が、この点に示唆《しさ》を与えてくれる。そして、それは同時に、今日の私たちの生きかたにつながる問題を提供している。

しばらくお待ちを。行かれる前に、一、二、申しあげたいことが。これでも、お国のためには、多少のお役に立ったこともある、それはどなたにも認めていただけよう。今さら何も申しあげますまい。この不幸な出来事を報告されるさいにも、どうかありのままをお伝え願いたい。お庇《かば》いくださるには及ばぬ、もとより悪意の曲解もなさらぬよう。ただどうしてもお伝えいただきたいのは、愛することを知らずして愛しすぎた男の身の上、めったに猜疑《さいぎ》に身を委《ゆだ》ねはせぬが、悪だくみにあって、すっかり取りみだしてしまった一人の男の物語。それ、話にもあること、無智《むち》なインディアンよろしく、おのが一族の命にもまさる宝を、われとわが手で投げ捨て、かつてはどんな悲しみにも滴《しずく》ひとつ宿さなかった乾き切ったその目から、樹液のしたたり落ちる熱帯の木も同様、潸然《さんぜん》と涙を流していたと、そう書いていただきたい――それから、もう一言、いつであったか、アレッポの町で、ターバンを巻いたトルコの無頼漢が、ヴェニス人に暴行を働き、この国に悪罵《あくば》の限りを尽しているのを見かけたことがあるが、そのとき、この手で、その外道《げどう》の犬の咽喉《のど》もとを引きつかみ、こうして刺し殺してやったと。

（第五幕第二場）

オセローはそういって自分の咽喉を突き刺す。ハムレットと同様、かれもまた自己の愚行を世間の誤解から守ろうとする。エリオットのことばをそのまま用いれば、オセローはこの最後のせりふで「自分を励して」いるのだ。かれはもう自分のことだけしか考えていない。過《あやま》って締め殺したデズデモーナのことも、もうオセローの脳裡《のうり》にはない。エリオットはいう、謙譲こそ、もっとも身につけがたい美徳だと。

自分をよくおもいたいという慾望《よくぼう》ほど、根絶しがたいものはない。オセローの態度も、最後の瞬間には倫理的なそれよりは、むしろ美的なそれであった。つまり、かれは自分を悲壮な人物に仕たてあげようとし、それに成功したのだ。その

ために は、環境を材料にして、自己劇化をこころみねばならなかったのである。かれは周囲の人物をだます。が、このさい、もっともありがちな心理は、それよりも自分自身をだますことである。この種のボヴァリズム、すなわち物事を実際とはちがったふうに見ようとする願望、それをシェイクスピアほど、はっきり表出した作家は、他にないといっていい。

エリオットはそういっている。ここで、私はティボーデのことばを、ふたたびおもいだす。ティボーデが「小説の小説」「小説のなかでおこなわれた小説の批評」と呼んだ『ドン・キホーテ』は、シェイクスピアの四大悲劇とほとんど同時期に書かれており、この「憂《うれ》え顔の騎士」こそ「物事を実際とはちがったふうに見ようとする願望」の典型的な代表者である。のみならず、ティボーデはいっている、フランスの『ドン・キホーテ』は『ボヴァリー夫人』であった、と。エムマ・ボヴァリーもまた「物事を実際とはちがったふうに見ようとする願望」に憑《つ》かれた人間である。かの女は田舎町の医者の主婦であると同時に、小説の動因であり、小説の運び手であり、ロマネスクを造りだそうとする作者の創造的精神そのものなのである。が、エリオットのいうように、シェイクスピアほど、創造の秘密とその過程そのものを、執拗《しつよう》に自己の主題としてとりあげた作家はなかったかもしれぬ。

ドン・キホーテは中世騎士物語の主人公をまねる。エムマ・ボヴァリーは恋愛小説の主人公をまねる。いずれも物語の主人公になりそこねるが、その失敗によって、はじめて「小説のなかでおこなわれた小説の批評」が完成するのだ。

ところで、シェイクスピアの主人公たちは、なにをまねようとしているのか。その答えは、かならずしも明瞭ではない。もし、作者シェイクスピアがなにをまねようとしたかと問われるならば、それには容易に答えられる。かれは歴史や伝説にまなんだ。同時代の作品からさえ人物や筋を盗んでいる。『リア王』と『マクベス』はホリンシェッドから、『オセロー』はイタリアの『百物語』から、『ハムレット』は『デンマーク国民史』あるいはキッドの『原ハムレット』から。その他の作品についても、その点ひとつの例外もない。しかし、リア王もマクベスもオセローもハムレットも、ドン・キホーテやエムマ・ボヴァリーのようには、なにかをまねているのではない。かれらは、なにかのパロディではない。あくまでリア王はリア王であり、オセロー将軍はオセロー将軍である。たとえなにかをまねることがあったとしても、それは、『マクベス』において王位簒奪者が王をまねるという程度に、あるいは『ハムレット』において王子が王をまねるという程度にとどまる。

もしかれらがなにかをまねているとすれば、人間性のより本質的な在りかたにおいてである。というのは、かれらは「物まね」という人間の本性を演じているのだ。いいかえれば、演劇そのものを演じているのである。それが、「演劇の演劇」ということなのだが、『ドン・キホーテ』や『ボヴァリー夫人』が「小説の小説」といわれる以上のものが、そこにある。なぜなら、シェイクスピアの悲劇の主人公たちは、おどけた騎士や田舎町の平凡な主婦よりは、はるかに意識的だからだ。かれらは多少とも自分の物まねを意識しており、かれらの意識はときに作者シェイクスピアの意識を超えるように見えるときさえある。が、ドン・キホーテもエムマ・ボヴァリーも、自分たちが物まねの犠牲者であることを、作者ほどには意識していない。いや、ぜんぜん意識していないといっていい。

シェイクスピアの主人公の死を、同時代の他の劇作家のそれとくらべて見れば、そのことは明らかになろうと、エリオットはいっているが、かれらの意識的な物まねは、なにも劇の最後においてのみならず、その発端からはじまっているといえよう。近代的な作劇術からいえば、シェイクスピア劇の発端と作因には、つねに一種の無理がある。オセローともあろうものが、イアゴーの隙《すき》だらけなうそに、なぜ易々《やすやす》とだまされたか。リア王は不孝な二人の姉娘を信じ、選りに選って、たった一人の孝行娘を却《しりぞ》けたが、なぜその反対ではなかったか。マクベスやハムレットの悲劇の作因に、なぜたあいもない超自然のものを選んだか。このばあい、史実や伝説がそうなっていることを知っても、私たちはなにも得はしまい。問題は、シェイクスピアにとって、作因の強力な必然性など、どうでもよかったということである。

オセローは劇の最後においてはじめて「自分自身をだます」のではない。かれは最初から、自分をだましている。なにもイアゴーの手を借りる必要はなかった。かれは嫉妬《しっと》がしたかったのだ。激しい情熱のとりこになり、それを味わいたかった。「愛することを知らずして愛しすぎた男の身の上」を演じたかった。ただそれだけのことだ。イアゴーに無目的の悪を見る近代的解釈は、オセローの愚昧《ぐまい》を合理化するためのおもいすごしにすぎまい。愚昧といえば、シェイクスピア劇の主人公たちが不幸に導入される過程は、すべて愚かしい。が、リア王は愛する娘に欺《あざむ》かれる老父の悲哀と憎しみを、マクベスは野心家の不安と恐怖を、ハムレットは志を得ざる王子の憤《いきどお》りと狂気を演じたかったまでである。

かれらはいずれも最初に意識して自分の役割を選ぶ。すくなくともギリシア悲劇の主人公にくらべて、かれらははるかに自由であり、その破局はすべて避けようとおもえば、避けられたものである。演劇史の常識にしたがえば、そこに運命劇から性格劇への発展がうかがえようし、自由なる個人の成熟を見ることもできよう。が、劇場においては、観客は自由の勝利などというものに喝采《かっさい》を送りはしない。宿命に押しひしがれた主人公の受苦にのみ感動する。つまり、ひとびとは社会では自由を、劇場では宿命を求めるというわけだ。いいかえれば、エリザベス朝人は自由意思によって宿命を選ぶというディレムマを犯したのである。

ギリシア悲劇において主人公の受苦を壮大に見せるものは、人間の自由ではなく、宿命の必然性である。その前提には、宿命にたいする、あるいは神々にたいする、人間の信頼感があった。宿命は人間の側で選びとるものではなく、神々の側から人間に与えるものである。が、もし、個人がそれを選びとらねばならぬものなら、その最後の仕あげも、個人が自分の手でやってのけねばならぬということになる。

こうして、オセローは最後に自分自身をだまさずには、死んでいけなかったのだ。宿命にたいして信頼感をもちえなかったかれは、宿命による敗北を認めながら、しかも自分自身を励して、敗北のあとに生き残ろうとする。リア王も自分の最後を、自分で納得できるように美化しようとしている。マクベスはその義務を拋棄《ほうき》した。宿命にたいする信頼感からではなく、自己にたいする不信からだ。ただ、ハムレットのみは、最後まで宿命を信じようとしていた。が、そのかれも、やはり自分で自分の生涯を解説しきれぬことをおもい知らされながら死んでいった。

自分を滅ぼすものの正体をはっきり見きわめ、その上に自分を押しあげ、壮大にまつりあげること、この強烈な個人主義のうちにエリオットがストイシズムを見たのは当然である。

ストイシズムはアレクサンダー大王の東方諸国征服を背景として生れたものである。閉じられた都市国家を経営し、排他的な中華思想に拠《よ》っていたギリシア文化にたいして、野蛮人たちは、まず自己を正当化してかからねばならなかったのだ。ストイックたちは人間の平等を説き、ギリシア人と野蛮人、主人と奴隷《どれい》、その他いっさいの階級的差別を否定した。が、その心底にあるものは、現実のすべてを自己にとって不利なものと見なし、自分の手で自分を守らねばならぬと観じた孤独者の不信である。かれには身かたはひとりもいない。ギリシア固有の神々はもちろん、歴史も支配階級も、いや、仲間すらあてにはならぬ。自分が自分を認める以外、どこにも生きるようすがは求められぬのだ。シェイクスピア劇の主人公たちが置かれた環境がまさにそれであり、これこそギリシア劇ともフランス古典劇とも異るものである。

なるほど、ストイックたちは、個人を守る唯一《ゆいいつ》の身かたとして宇宙理性を設定した。が、今日、私たちの興味をひくのは、そういう汎神論《はんしんろん》的世界観そのものではない。そんな捉《とら》えどころのない説明的概念としての宇宙などというものが、かれらにとっては、はっきり眼に見える隣人よりも頼りになったのであろうが、つまり、それほどにかれらは孤独だったのだ。ストイックたちは「強き個人」を理想とした。が、個人は、ついに個人としては強くなれぬことを知ったとき、かれらは宇宙を持ちだした。

人は自分を合体させるになにかをもっているかぎり、宇宙などというものに合体しはしない。栄えていたギリシアの都市国家の生活に進んで加わりえたひとたちは、自分を合体させる対象として、それよりはましなものをもっていた。クリスト教徒にしてもまだましだった。

エリオットはストイシズムをそうきめつけている。たしかに、かれのいうとおり、ストイシズムは伝統的な生きかたの破壊された混乱期に、「自分自身を励すこと」を目的とする哲学だったのであり、自己を滅ぼそうとする優越者に抵抗して自己を肯定するための保身の術だったのである。

ストイックたちはギリシアの神々の支配する宿命を拒否した。が、宇宙理性もまた一種の宿命論に堕する。しかも、ぐあいのわるいことに、その宿命との出あいは、まったく個人の手にまかされているのだ。かれらは自分たちの生きかたが支配階級によって決められることを却ける。それをそのまま自己の必然と見なしえぬからだ。とすれば、自分の手で自己の必然を生きねばならぬ。が、どうして、そういうことができるか。偶然の一鐶《いっかん》であり、ひとつの断片にすぎぬ個人が、全体の必然性を選び司《つかさど》るという論理的矛盾、それを避けるためには、克己と禁慾しかなかったのである。

サルトルが『嘔吐《おうと》』のなかで女に語らせた生きかたは、完全にストイックのそれと一致する。女はすべてを膳《ぜん》だてし、すべてを自分で作らなければならない。だが、相手の男は協力しない。もともと協力の期待できぬ世界であればこそ、女はすべてを自分で作らねばならぬと観念したはずである。もし女が自己のストイシズムを貫こうと欲するならば、相手の非協力に堪えねばならぬ。相手を責め、自分の徒労を訴えた瞬間、そのストイシズムは崩壊する。が、ストイシズムの真実が、崩壊によってのみ証《あか》しされることも、またたしかな事実である。

シェイクスピア劇の主人公たちは、『嘔吐』の女のように、能弁に自己を解説しはしない。エリオットのことばを借りれば、わずかに「自分は自分なのだ」と主張しているだけだ。それは自己を強大に見せるためのことばでもあるが、同時に、追いつめられたものの弱音なのである。なるほど、かれらはいよいよ死にのぞんだときでなければ、それを口にださない。ということは、それを口にせずには死ねないということだ。が、自分をどう主張したところで、死は容赦なくやってくる。自分で編みだした必然性や、自分で造りあげた宿命など、自分の死後にまで通用するはずのものではない。オセローの死もリア王の死も、そしてハムレットの死さえ、マクベスと同様、むごたらしい犬死ではなかったか。

かれらは眼前に死を見すえたつもりでいたろうが、死はつねにかれらの背後を不意に襲っている。かれらがあれほど自分の死を見きわめたがったのは、突然の死に裏切られまいと警戒したからである。かれらは最後に自分をゆだねるべき死にたいして、いささかの信頼感ももっていないのだ。シェイクスピア劇の登場人物たちが、ロレンスの眼には「けちくさい」ものにしか映じなかったのも、そのためであろう、ストイシズムを頂点とする個人主義の限界がそこにある。

同時に、誤解を防ぐために、つぎのことを附けたす必要があろうか、私たちがシェイクスピア劇から知りうるのは個人主義の限界であって、個人主義文学の限界ではないということを。

五

今日におけるほど、自由ということばが、安易に用いられている時代はない。現在では自由とはたんに逃避というほどの意味に用いられているにすぎぬようだ。それは私たちにとってもろもろの「いやなこと」からの逃避を意味する。労働、奉仕、義務、約束、秩序、規則、伝統、過去、家族、他人、等々からの逃避、それを私たちは自由と呼んでいる。そういう逃避が私たちになにをもたらすかを知るまえに、まず私たちは、それらのものを、堪えがたい「いやなこと」として諒解《りょうかい》しているという事実を見のがしえない。

私たちは労働や奉仕がいやなのである。約束や義務によって縛られたくないのである。秩序や規則が煩《わずらわ》しい。伝統や過去が気に食わない。家族や他人は自分の気ままな行動を掣肘《せいちゅう》する敵としかおもわれぬ。そういえば、たいていのひとはいうであろう、労働そのものがいやなのではない、今日の社会の仕組みにおいては、労働は強制労働に堕してしまっている、だから辛《つら》いのだ、と。義務も約束も、秩序も規則も、すべてが一方的で、それを守るこちら側と対等でないから苦しいのだ、と。伝統や過去、すなわち、すでに死んでいるものが、現在、生きている私たちを左右するから、すべてが生き生きとした感じを失うのだ、と。家族や他人との人間関係も、今日では過去の方式によってしか動いていず、そのなかでは制度それ自体のために個人の生命が犠牲にされるだけだ、と。これらの理由づけは多少とも事実である。さもなければ、自由ということが、現在におけるほど、多数者の間に無為の口実として通用しないであろう。

だが、それだけであろうか。労働が強制的でなく、自発的にのみ存在した時代があったろうか。また未来において、ありうるだろうか。義務や規則は、本質的に個人の犠牲を要求しないであろうか。のみならず、ひとびとは、家族や他人の重圧から解き放たれて、なにを求めているのか。また、なにを得たのか。

おそらく、ひとびとはなにも得はしなかった。のみならず、なにを求めてもいはしなかった。自由の名において、ひとびとは、求めていたのではなくて、逃げていただけのことである。しいていえば、自由そのものを求めていたのである、なにかをしたいための自由ではなく、なにかをしないための自由を。

ストイックはもちろん、その前身であるシニックも、またエピキュリアンにおいても、自由とは、もうすこし異ったなにものかであった。伝統的な生きかたや過去の秩序が崩壊していく過渡期の混乱を眼《ま》のあたりに見て、かれらが最高の倫理として求めたのは、たしかに自由の概念であった。

なるほどストイックの主張した民族、階級の平等という観念は、のちにローマの法治精神を涵養《かんよう》し、近世においては国際法の発芽を刺戟《しげき》したともいえようし、さらにフランス大革命以来、市民的自由の基盤とさえなりえたかもしれぬ。が、ストイシズムの根本が倫理主義的態度であったことは、なんぴとも否定しえまい。

ストイックやエピキュリアンが目ざした倫理的最高価値としての自由とは、もちろん、権威、他人、現実などの、自己以外の存在に自己を犯さしめぬということにあった。しかし、そのことは、ただちに、自己以外の存在の変改や抹消を意味しはしなかった。かれらは現実を現実として認めた。もしかれらに現代流の皮肉をもって報いるならば、かれらは、自己につごうのわるい現実を、むしろ自己の自由を保証し、その昂揚感《こうようかん》をうながすための梃子《てこ》として利用したとさえいえる。倫理の領域においては、つごうのわるいものが、かえって都合よくなるのだ。

理由ははなはだ物理的である。自己の力量は自己を抑圧するものの力によって測られる。ストイックやエピキュリアンたちの拠《よ》った原理は、ただそれだけのことである。外界はできうるかぎり、混乱していたほうがいい。現実はできうるかぎり、ままならぬほうがいい。自己の外にある現実がそういう状態にありながら、しかもそれにすこしも煩されない精神の自律性、かれらはそれを自由と呼んだ。それは逃避の自由ではない。渦中《かちゆう》に坐《ざ》して逃避しない自由である。あらゆる理由づけ、口実、弁解を却《しりぞ》け、黙して語らぬ自由である。自分が自由であることを、すなわち外界の強力な現実が自己の精神になんらかの痕跡《こんせき》もとどめえぬ自由を、なによりも誇りとし、しかも自分がそれほど自由であることの証左をどこにも示しえぬことに、すこしも不安をおぼえぬ自由である。

したがって、かれらはつねに現実のなかにあった。今日の自由人は現実に捉《とら》えられぬ用心を怠らぬが、かれらは平気で現実のわなのなかにあった。捉えられぬことに心を使うよりは、捉われぬことに心を用いたのである。ふたたび皮肉をいえば、それは「負けるが勝ち」の処世術に道を通じている。ストイシズムは、文化に疎外《そがい》された田舎者ないしは奴隷《どれい》の哲学であり、エピキュリアニズムは、力に負けた都会的文化人の哲学である。

それはやはり智慧《ちえ》である。この智慧はおそらく人間存在にとって、もっとも本質的なものであろう。ストイシズムとエピキュリアニズムとは、当時においては相容《あいい》れぬものと見なされた。クリスト教はエピキュリアニズムをたんなる享楽主義《きょうらくしゅぎ》として否定した。まだしもストイシズムは初期クリスト教のなかに生きのびることができた。なぜなら、虐《しいた》げられたものの実践的禁慾《きんよく》哲学は、クリスト教の殉教的伝道者の生活態度を支えたからである。が、それはあくまで選民が選民の地位に這《は》いあがろうとする実践心理においてのみ相通じるものであり、教理として両者はたがいに関知しない。クリスト教の完成期においては、いいかえれば、殉教者が勝利をおさめ、田舎者が中央に乗りだしてしまったのちには、ストイシズムの要素はクリスト教から脱落する。

そして、ギリシア末期のこの二つの哲学がふたたび復活するのは、クリスト教の力の衰えた中世の終り、ルネサンスにおいてである。私たちはこの時期を「自我の覚醒《かくせい》期《き》」と呼んでいる。裏からいえば、統一体を形づくっていた一つの世界の崩壊期である。ギリシア末期の混乱期において、ストイシズムとエピキュリアニズムとがひとびとの心の支えとなったように、崩壊期としてのルネサンスに、それらがふたたび普遍的な生活態度として登場してきたとしても、すこしも不思議はない。エリオットがシェイクスピアのうちに見たストイシズムとはそういうものである。同様に、シェイクスピアのうちにエピキュリアニズムの影響を見いだすことは、私たちにとって易々たることである。かれは作品のいたるところに、実践哲学的な処世訓をばらまいている。私たち近代人の眼から見れば、その俗臭はいささかばかばかしいとさえおもわれるかもしれぬ。かれだけではない。ボッカチオやレオナルドを経てモンテーニュのなかに、あのギリシア末期の実践哲学が流れこんでいるのである。

そして、ルネサンス以来の近代市民社会が、ふたたび崩壊期に直面している現在、ストイシズムとエピキュリアニズムとが、なんらかの形で現代の思想のなかに生きのびているとしても、さらに不思議はない。ヴァレリーやアランのうちに後者が、サルトルのうちに前者の影がうかがえるといっても一向さしつかえはあるまい。エリオット自身、クリスト教会を楯《たて》に、ギリシアの個人主義思想を否定しているとはいえ、その護教的態度そのものは、多分にエピキュリアン的であり、ときにはストイック的でさえある。

かれらは現実にたいして二重の抵抗を感じている。第一は、混乱した現実そのものに。第二は、その現実の現代的な解決法に。

現代人は自由そのものを求める。なにかをしたいための自由ではなく、なにかをしないための自由を。たしかにギリシア末期の賢人たちは、自由の名において、それとは異ったなにものかを求めていた。かれらを不自由にし、かれらを束縛するなにものかを。かれらは自己をおさえ、自己を否定するなにかが無ければ、自由は得られぬことを知っていたのだ。かれらのほうが、現代の自由思想家よりは、自由について、より多くを知っていた。が、それは紙一重の差にすぎない。なぜなら、かれらにとっても、自由こそ最高善であったからだ。かれらは、人生を、その幸福を、自由か自由でないかという単一原理にまで絞りあげ、それによって判断しようとする。もちろん、かれらにとっても、現代人にとっても、真の幸福は完全なる自由のうちにある。ただ、かれらはそのために不自由な障碍《しょうがい》を必要とすると見てとったのであり、現代の自由思想家は、その障碍を除去せねばならぬと考えるだけである。

自由の概念に関するかぎり、たぶん、かれらのほうが現代人より真実をつかんでいる。当然、今日のストイックやエピキュリアンは、今日の素朴な自由思想家にたいして、その現実処理法にたいして、抵抗を感ぜずにはすまされぬ。真の自由に関して、本家争いが生じるわけである。ストイックは積極的に争い、エピキュリアンは消極的無関心によって争う。が、その争いにおいて、あまりに積極的になれば、敵の領分まで冒さねばならず、ときには敵の武器をも手にせねばならなくなる。サルトルの実存主義が、精神の権威と現実解決法との間を目まぐるしく往来して果てぬゆえんである。

自由ということ、そのことにまちがいがあるのではないか。自由とは、所詮《しょせん》、奴隷の思想ではないか。私はそう考える。自由によって、ひとはけっして幸福になりえない。自由というようなものが、ひとたび人の心を領するようになると、かれは際限もなくその道を歩みはじめる。方向は二つある。内に向うものと、外に向うものと。自由を内に求めれば、かれは孤独になる。それを外に求めれば、特権階級への昇格を目ざさざるをえない。だから奴隷の思想だというのだ。奴隷は孤独であるか、特権の奪取をもくろむか、つねにその二つのうち、いずれかの道を選ぶ。

人が自由という観念におもいつくのは、安定した勝利感のうちにおいてではない。個性というものを、他者よりすぐれた長所と考えるのは、いわば近代の錯覚である。ストイックやエピキュリアンにまでさかのぼらずとも、つねに人は、自分がなにものかに欠けており、全体から除《の》けものにされているという自覚によって、はじめて自由や個性に想到したのである。が、このなにものかの欠如感が、ただちに安易に転化され、弱者の眼には最高の美徳であるかのごとく映じはじめるのだ。

最初は、誰も全体からの離脱に不安を感じる。つぎに自分を除けものにする全体にたいして、不満をいだく。さらに、かれは全体の批判者として立ち、個性の名において全体を否定する。脱落者から優越者への道は、あらゆる心理過程の最短距離を走る。が、ひとたびこの里程標を越えると、かれは自己の優越性を保持するため、際限もなく優越者でありつづけねばならなくなる。十人の脱落者は十人の脱落者で終る。が、十人の優越者は、さらにそのうちから最高の優越者一人を生むために、最後まで競技をつづけねばならない。自由の出発点に立った以上、私たちは永遠に全体の批判者であらねばならぬ。こうして私たちは孤独になるか、特権階級の座席に坐《すわ》りこむかせねばならなくなるのだ。が、だれしも孤独であることを嫌う。だれもが特権階級になりたがる。ようやくその座席がふえはじめると、さらにだれもが争って、それ以上の特権的座席を捜しはじめる。

が、孤独であることも、おそらくはなんの誇りにもなりえまい。孤独であることによって自分を甘やかしてみても、そういう慰めは永つづきしない。孤独者はふたたび全体への復帰を求めずにはいられなくなるのだ。かれは、生きるということが全体との一致においてはじめて可能であることを思い知らされる。まだしもである。特権階級へののしあがりを試みるものは、ついにふたたび全体への道を発見しえぬであろうから。

しかし、現代の自由思想は孤独を嫌う。正義は、つねに全体を離脱した個人の側にある。同時に、正義だけではどうにもならぬことを、ひとびとは知っている。個人は数において全体に劣る。それを恐れる結果、現代のあらゆる自由思想は、離脱した個人の頭数をそろえることに熱中する。頭数さえそろえば、離脱者側に全体という神がのりうつる。ひとびとはそう計算している。現代では、全体とは質の問題ではなく、量の問題となったのだ。厳密にいえば、離脱者としての個人が、質としての全体に打ち勝つため、量としての全体の概念を押しだしてきたのにほかならない。

全体は量の概念ではない。あくまで質の概念である。ビール瓶の蓋《ふた》は一万あつめても全体を構成しえぬ。が、一つの蓋と一つの瓶とは、全体を構成するのに充分な素材である。私たちは一箇の蓋が全体から離脱して自立しうるとは考えないが、一個の人間はそれをなしうると考える。当然である。蓋と人間とは異る。物質と精神とは異る。蓋は部品にすぎぬが、人格は完全な自律体である。が、それは全体なしですましうるということを意味しない。むしろ反対である。人格が完全な自律体であるのは、全体との関聯《かんれん》をみずから調整しうるということにすぎない。それは部分でありながら、全体を意識し、全体を反映し、みずから意思して全体の部分になりうるということなのだ。真の意味における自由とは、全体のなかにあって、適切な位置を占める能力のことである。全体を否定する個性に自由はない。すでに在る全体を否定し、これを自分につごうのいいように組織しなおすことは、部分たる個人のよくなしうることではない。たとえ頭数をそろえようと、それは不可能なことだ。だが、今日、ひとびとは、それが容易であるかのごとき錯覚をいだいている。組織ということばが流行するゆえんである。

が、そんなことはできるわけがない。私たちは、不可能なことを可能と錯覚することによって、なにものかが、もっとも大切ななにものかが失われつつあることを気づかずにいはしないか。

ひとびとはよく自我の確立をいい、主体性ということばを口にする。また、学問の自由とか芸術の自由などということが、こともなげに語られる。いまの政治制度や経済機構からくる圧迫や不安を解消せしめようとするひとたちは、せめて言論の自由だけは確保しようと欲する。それまではいい。が、同時に、かれらはソ聯や中共に言論の自由があるかないかについて、小心な猜疑心《さいぎしん》を働かせている。それらの国に招かれた旅行者たちの大部分が、言論の自由の所在を探ることを最大の目的としているかにみえる。あるものは、そのささいな証左を見いだして、それを楯《たて》に私たちを納得させようとかかる。あるものは、失望し、失望しながら諦《あきら》める。たとえ現在は失われていても、それは過渡的な段階としてやむをえぬと考え、わずかに方向の正しさに救いを見いだそうとする。ジッド以来、こうして書かれてきたいくつかの共産主義国見聞記に、私はほとんど興味をもたない。

私は断言してもいい。共産主義国にかれらの考えるような自由などというものがあるわけがない。なぜなら、革命はそういう自由への不信から出発し、それを否定しようとしたものだからである。そういえば、ひとびとはおそらくこう答えるだろう。いや、それは新しい意味での真の自由を獲得しうる手だてとしての革命である、と。だが、なぜ、そうまで自由ということばに執心するのか、私にはわからない。自由という概念が、かれらと私とのあいだで食いちがっているからであろう。

かれらにとって、自由とは対物質の問題でしかない。物質的慾望の完全な満足、それがかれらの自由である。べつのことばでいえば、社会の成員がめいめいの利己心を発揮して、他人からの待ったなしに、その慾望が充足される世界、それを最終目的として求めている。まさか、そういうお伽《とぎ》の国をいまただちにソ聯や中共に期待するものはあるまい。そこでは、ストイックな克己心が強要されているにちがいない。ストイシズムは自由の原理であるにしても、それが強要されるというのは、つまり、自由がないということだ。それは過渡期だからではない。また、それは真の自由に到達する方向を目ざしているのでもない。私にとって自明なことは、そこに自由がないという現状が、すでに革命にとって最終目的なのである。なにものかによって自由を奪われていること、それが人間の生きかただからである。

共産革命を自由思想の延長線上に考えてはならぬはずだ。が、多くのひとたちはそう考えて、なんの疑いもさしはさまぬ。なぜなら、革命後の不自由を過渡的段階と見なす逃げ道に頼っているからだ。また、そういう逃げ道に走りうるのは、自由ということをもっぱら物質的にのみ諒解《りようかい》しているからであり、あるいはすくなくとも、精神の自由という課題が物質的なそれによって左右されうるという唯物《ゆいぶつ》弁証法を鵜《う》のみにしているからである。かれらの脳裡《のうり》においては、言論の自由ということも、じつは物質的自由への手段としてのみ考えられている。学問の自由も芸術の自由も、所詮は、だれもがうまいものが食え、いいものが著《き》られる社会の実現ということに帰著《きちやく》する。端的にいえば、自由とは快楽の自由であり、不自由とは快楽が禁ぜられている状態、もしくは邪魔物の介在する状態を意味する。

だが、自由の最後の拠《よ》りどころとして、言論の自由にすがろうとするひとたちに、私は反問したい。言論の自由は、敗北することがないのか、と。物質的自由への手段として、そこにも適者生存はないのだろうか。残存したものを、つねに適者と認める以外に、どんな方法があろうか。もしそうならば、不適者として滅びるものにとって、言論の自由とは、いったいなにものであろうか。ひとびとはそういうものにすがりうるであろうか。それ以外にすがりうるものはないのであろうか。

メンシェヴィキはボルシェヴィキに敗れた。少数者はつねに多数者に敗れ、弱者はつねに強者に敗れる。この原則はどういう世界がこようと覆《くつがえ》ろうとはおもわれぬ。少数者と弱者にとっては、自由はついに存在しえない。が、真の意味で、自由が問題となるのは、この地点からさきにおいてである。自由はそれが奪われているものにとってしか問題とはなりえない。二つの道がある。現実に敗れながら、しかも自己の正当さを信じぬくか、自由という概念を抛棄《ほうき》するか、そのいずれかである。が、そのいずれにしても、物質的自由の理念とは相反する。社会から除けものにされた自己を信じきるためには、それが錯覚にもせよ、私たちは現実によって左右されない精神の自由を信じなければならない。さらにそれを抛棄するためには、自由より以上の価値を信じなければならぬであろう。

現実における少数者と弱者とにとって、精神の自由こそ、唯一の拠りどころであるにしても、そういうはかないものによって自己の正当さを信じうるほどに、ひとはみずからを強者となしうるであろうか。ひとびとは節操などということを安易に口にするが、時代に背く自己を基準にして、逆にその時代を裁くことが、どうしてできるだろうか。そんなことは不可能だと私はおもう。なんぴとも孤立した自己を信じることはできない。信じるにたる自己とは、なにかに支えられた自己である。私たちは、そのなにものかを信じているからこそ、それに支えられた自己を信じるのだ。

もし、自由というものが、そういう支えをなしている背景の否定であり、それからの解放であるならば、それは自己の足場を崩す作業であり、結果はたんなる自己破壊に終るほかはない。そして私たちは自由そのものを否定し、その亡霊から解放されることを欲するようになる。もし、自由というものがそういうものならば、そのほかに救いはない。が、自由とはそういうものなのである。

精神の自由の頂点においては、ひとは自己を証《あか》するために、自己以外のなにものも必要としなくなるだろう。かれは他人を否定し、不要物と化する。物質的自由においても、それは同様である。その極限においては、それは他人の否定を意味せざるをえない。他人は自分にとって必要な物質を生産し提供する媒体にすぎず、つねに物質に置きかえられる金銭同様の抽象的存在に化してしまうのだ。資本主義社会においても、社会主義社会においても、その点に変りはない。自分以外のすべての存在は、人間であろうと、組織であろうと、物質であろうと、ただ自己の快楽を保証するための媒体としてしか意味をもたなくなる。それが自由というものの正体であり、奉仕と屈従とを裏がえしにした生活原理にほかならない。こうしてつねに自由は、下から上に向ってのしあがろうとする奴隷《どれい》の哲学を母胎としてきたのである。今後も、自由の歴史は、無際限の階級交替と粛清との歴史となろう。

その間、私たちはなにを失ったか。また、なにを失うであろうか。いうまでもない。私たちは信頼感を失ったのだ。それは今後も、ますます稀薄《きはく》になっていくだろう。

ひとびとは自由の名のもとに奉仕を拒絶する。あるのは取引としての奉仕だけだ。なるほど、特定の個人にたいする従属的奉仕のかわりに、社会にたいする公共的奉仕の観念が生じたというかもしれぬ。が、その、ひとびとのいう社会というのは、救世軍の共同鍋《なべ》にひとしい。投げ入れたものは、必要に応じて取りかえそうという下心にすぎぬ。あくまで利害関係に基づく商取引である。人と人との結びつきは、いまでは、ほとんど利害によるほかなにもなくなってしまったのだ。そして無条件の奉仕としての信頼感は、無智《むち》とあなどられるしまつだ。

だが、ひとびとは、社会意識をたんなる利害関係に還元してしまうことを好まない。そこにヒューマニズムなどというあいまいなことばがさまよい歩く余地が生じる。が、そんなものが自由の否定的傾斜をおさえるにたる倫理的規範となりうるであろうか。もし無条件の奉仕としての信頼感が、既成秩序を維持するための欺瞞《ぎまん》にすぎないとすれば、ヒューマニズムもまた一種の欺瞞ではなかろうか。既成秩序ではないが、将来やってくるであろう、しかし、いまは存在しない、あるいは永遠にやってこない秩序のための欺瞞であるとはいえないか。

私たちは過去にたいする不信から未来への信頼を生むことはできない。身近な個人にたいする不信から社会にたいする信頼を生むことはできない。それにもかかわらず、現代の自由思想は、そういうむだな努力をしてはいないだろうか。その未来社会にたいする期待は、過去の伝統や秩序や倫理感の否定と、身近な特定の他人にたいする不信感とから出発したものではないだろうか。さらに、今日の私たちの不信は、他人に裏切られ、自分だけが貧乏くじを引くことの恐しさから出ていはしないか。つまりは、他人に利用されることを嫌い、他人を利用しようとする心がまえにすぎないではないか。ふたたび、自由とはそういうものなのだ。

もちろん、私たちの不信感には、それだけの理由がある。が、その理由を分析し、合理化し、ひとたび、それを肯定してしまった以上、未来社会にたいする期待すら、私たちはどこからも引きだせないのである。おそらく誤解をまねかずにはおくまいが、ある瞬間には、批判の自由という自我の特権を棄《す》てて、既存の現実に随《したが》い、過《あやま》ちを犯して顧みぬということが必要なのだ。それが倫理というものであり、掟《おきて》というものではないか。私たちは倫理の不合理を批判することはできる。が、合理的な倫理などというものは、いつの時代にもあったためしはない。なるほど、ヒューマニズムは合理的であろう。だから、それは倫理ではないし、倫理的な規制力をもちえないのだ。

　既存の現実に随って過つということによって、私は既成勢力の温存を擁護しようというのではない。社会の推移に応じて倫理感も変るというようなあやふやな考えかたに、私は疑問をもつのである。それは事実でもあろう。が、それを平然と命題化しうるのは、すでに倫理感がないからではないか。そういう連中に、私たちは社会の変革を期待することはできない。かれらのなしうることは、戦術と力とによる革命であり、転換と粛清とによるその維持である。私たちは社会の変革のためにも、既存の現実に随い、過って顧みぬという倫理的な潔癖と信頼感とを必要とするであろう。それが革命への潜在力となり、革命後の安定勢力ともなるのだ。

　親子、夫婦のあいだでも、昔の道徳をもって裁くことはできないなどと、いかにも気のきいたことをいうが、それなら、なにによって裁くことができるか。私たちはなににによっても裁かれはしまい。完全な自由なのである。が、だれがこの自由に堪えうるか。それに堪えうるのは、おそらく、昔の道徳をもって裁きえぬなどといいながら、どこかでその昔の道徳によりかかっているひとたちだけであろう。もちろん、そのよりかかりは信頼感に基づくものではない。たんなる便宜と利害の問題である。

もし、私たちが、真に過去の道徳によっては裁きえぬことを知ったなら、同時に、また、過去の道徳によってしか裁きえぬこともさとるであろう。私はそれがまちがっていると知りながら、それによって裁かれることを欲する。なぜなら、私のうちには、新しい自分とともに古い自分が生きているからだ。たんに過去の道徳が私を裁いたのではない。古い自分が新しい自分を裁いたのである。逆に、新しい自分が古い自分を裁いたとしたら、私は自分自身の存在を失い、もちろん新しくもなりえない。

古いものが新しいものを裁くということは、それ自体としてはまちがっている。が、その原則を否定すれば、私たちは、さらにまちがいを犯すことになろう。新しいものが古いものに自分を裁かしめるというのは、過去にたいする信頼感なくしてはできぬことだからだ。そればかりではない。自分の新しさにたいする強い自信がなければ、それは不可能であろう。古いものをして新しいものを裁かしめるという原則を否定したとき、いいかえれば、自由の原理に身をゆだねたとき、私たちのところにやってくるものは、この自他にたいする信頼感の喪失である。現代の革命への姿勢において、私が本能的に嫌うのは、それが信頼感の喪失から出発したものであり、その意図がどうあろうと、結局は信頼感の喪失に輪をかけるものでしかないからだ。

自由の原理は私たちに快楽をもたらすかもしれぬが、けっして幸福をもたらさぬ。信頼の原理は私たちに苦痛を与えるかもしれぬが、私たちはそのさなかにおいてさえ生の充実感を受けとることができる。

六

シェイクスピア劇の主人公たちによって、私たちは個人主義の限界を知りうるが、それはただちに個人主義文学の限界を意味しない。私はそういった。厳密にいえば、それは個人主義文学などというものはありえないからだ。文学が文学であるかぎり、それは個人主義的ではありえない。詩人や芸術家は、本質的には、個人主義者たりえないし、素朴に自由の信者にはなりきれぬ。芸術はついに形式の枠からのがれられぬのだ。浪漫派が犯した論理的あやまちがそこにある。ロマンティック・アイロニーということばは、このあやまちを正当化しようとしてもちだされたものにすぎない。

なるほど、浪漫派は絶対者を仮定した。が、かれらにとって、それは自分が仕えるものではなく、自分のうちに取りこむためのものであった。かれらはそれを後楯《うしろだて》に自分の優越性を証明しようとする。かれらの主観は無限に自由であり、神のごとき創造性をもつ。こうして天才たちは無智《むち》な民衆の現実主義と俗物性とを高みから批判した。

というよりは、批判しうる高みにある自己の優越性に陶酔し、その陶酔感を可能ならしめ、永続させるために、絶対者を渇望《かつぼう》したのである。が、無限に自由なる主観は、つねに絶対者を乗り超える。梯子《はしご》の天辺《てっぺん》においては、上方はつねにとりとめない。大地の現実を軽蔑《けいべつ》する梯子のりの主観は、同様に、すでに到達された天辺を軽蔑する。主観に乗り超えられた絶対者は、もはや絶対者ではなくなるからだ。かれは梯子の短さを歎《たん》じるようになる。そして、最後に残るものは、梯子そのものにたいする不信感である。

無限の自由を信じる浪漫派は、梯子が自分を自分のあるべき高みにまで持ちあげてくれぬのに不満を感じる。それが浪漫派の憂鬱《ゆううつ》というやつだ。これは、いいかえれば、自分の用いた梯子より、もっと高いところに、自分はいるという矜恃《きょうじ》でもある。この皮肉を、かれらはロマンティック・アイロニーということばによって美化した。浪漫派にとっては、芸術作品も、自己の優越性と無限の自由とを保証するための、しかし、ぐあいの悪いことに、ひどく脚の短い不完全な梯子にほかならなかったのだ。かれらは芸術を信じてはいない。いや、信じることができない。形式がつねにかれらを裏切るからだ。自己を最高のものとして信じた以上、それは当然の帰結である。芸術の形式すら、かれらにとっては、自己の創造であり、自己の所産でなければならぬはずだ。

そのかれらが、申しあわせたように、シェイクスピアを神のようにまつりあげたのはなぜだったか。また、なにゆえ、浪漫派の詩人たちは、戯曲を好んで書いたか。たしかにシェイクスピアのうちには、ギリシア劇やフランス古典劇に見られなかったすべてのものがある。門番が登場し、酔漢がくだをまく。王や英雄も活躍するが、かれらは形式的な威厳にとらわれない。かれらの野望や情念は、どんな平凡な市民にも共有しうるものである。かれらは身分的な規範にとらわれぬばかりか、さらに宗教的な規範のまえにも、まず人間であることを示した。シェイクスピア劇において、女性ははじめて女になり、そのうえ、母であり、娘でもありえた。のみならず、そこには男を知った女がおり、男を知らぬ女がいた。同様に、男は、たんに王であるばかりでなく、父であり、王子であるばかりでなく、人の子でもあった。そして、恋愛があり、処世術があり、夢や失望や不安が、一市民の心理の陰翳《いんえい》そのままに描きだされ、力づよく主張されたのである。一口にいえば、そこには、自由に生きようとする人間の、力に溢《あふ》れた生命力が躍動していた。それが浪漫派の心をとらえた。

こうしたシェイクスピアの奔放さは、当然、古典劇の法則を打ち破った。ギリシア劇やフランス古典劇において守られていた場所、時、筋の統一という三一致の原理は、シェイクスピアの手によって完全にふみにじられてしまったのである。もちろん、筋の一貫性は守られねばならない。が、劇は全幕を通じて同一の場所で、一昼夜のうちに演じられなければならぬというのはおかしい。そういう不合理な法則によって、人物の生命感は失われる。シェイクスピアがそう考えたのではない。浪漫派がそう考えて、シェイクスピアを支持したのである。が、その浪漫派の書いた戯曲は、往々にして筋の一貫性を失いがちであった。そればかりではない、無限の自由に憧《あこが》れる力づよい個性のために、古典劇の法則を却《しりぞ》けた浪漫派の戯曲の主人公たちは、多くのばあい、個性の力づよい一貫性をもちえなかったのである。

浪漫派はシェイクスピアのうちに劇の本質を見なかった。私はそう思う。かれらが戯曲に期待したものは、ダイナミックに展開される弁証法的形式であった。おそらくそうであろう。それがかれらに、戯曲を、無限にのびる梯子と思いちがいさせたのではなかったか。戯曲においては、ひとつのせりふは、それだけでは完結しない。ひとりの人物はそれだけでは完結しない。それらはつねに対立物を必要とし、また対立によって、未完成のまま、肯定しうるものともなる。もし、対立の原理にのみ立つならば、戯曲は、現実の対話と同様に、人生とおなじ長さだけ続く。そのかぎりにおいては、小説も同様である。戯曲にくらべて、小説は自由な文学形式であり、ほとんど形式らしい形式をもたぬ文学であるといえる。が、現実の描写は、主観の主張にとどまるせりふよりも、ずっと大きな制約を受けねばならない。

もし主張すべき主観があるならば、もちろん、それが主張するにたるものかどうかは別として、さらに、その主張が他に受けいれられるかどうかを別にすれば、戯曲ほどつごうのいい形式はない。主張者は描写と論理との拘束からまぬかれて、無限運動から生じる主観の快い陶酔感と、そのあとに空虚な疲労感とを得るであろう。

劇は本質的に対立の原理にもとづいている。が、それは無限に続いてはならぬ。対立は対立自体を否定しなければならないのだ。個人は個人に対立する。が、その個人は全体のまえに滅びなければならない。クローディアスに敵対したハムレットは、どうしても死ななければならぬのである。観客は劇場において、自由の勝利などというものを求めはしない。私はまえにそういった。そのとおりなのである。そういうことは、プロパガンダ劇においてしか起らぬ。対立者は、それが観客の同情をよぶ人物であればあるほど、最後には滅びなければならないのだ。そこに劇の本質がある。同時に、その形式上の必然性も。

浪漫派が三一致の原理を嫌ったのは、それが個人の自由よりも全体の拘束性に利するからである。典型的なギリシア劇においては、開幕前に、すでに神託がある。登場してくる主人公は、それについて一切無智である。無智であるがゆえに、自分に不利な神託からのがれようともしない。が、舞台のうえのかれの言動は、ひとつひとつ、その神託に向って動いていく。観客は恐れながら、それを眺めているが、最後には、神託が実現し、主人公は破局に陥る。つまり、かれは神託の存在と真実性とを証明するために登場してきたのにすぎない。しかも、かれは、自分が最初から神託の支配下にあることを知らずにいるのである。主人公が自分を支配するものを知らず、それと抗争したり、それから逃避したりしない以上、劇の展開はスタティックであり、場所の変化や時間の推移や筋の複雑さを必要としない。その逆もいえる。ギリシア劇においては、劇の発端から過程を通じて破局にいたるまで、舞台のうえに、つねに全体がうずくまり、あらわに存在しているのである。

それに反して、シェイクスピア劇の主人公たちは、多かれ少かれ、意識家である。かれらは自分の自由意思をはばむ全体の支配力を眼前にはっきりと見てとり、あるいはそれにあらがい、あるいはそれから逃げ、そうしながら、それと戯《たわむ》れる。いいかえれば、全体的な支配力は、ギリシア劇におけるほど、決定的ではない。開幕と同時に、その萌芽《ほうが》はあるが、主人公の心がけしだいでは、そのまま消え去るものであり、最初は萌芽にすぎなかったものが、主人公の対立行為によって、幕切には途方もなく巨大なものとなる。破局がとりかえしつかぬほど決定的なものとなるのは、いわば主人公みずからの自由意思によってなのだ。

シェイクスピア劇とギリシア劇とのあいだには、たしかにそれだけのちがいがある。だが、劇としての本質は変らない。一度全体から離脱した個体は、最後には全体に復帰しなければならないのだ。たとえ、その個体を死なせても、その死を超えて、全体は生き残らなければならず、じじつ、またそうするのである。その図式を示すことが、劇の本質でもあり、作劇法でもあった。

ギリシアの悲劇時代においては、古代の神話的統一世界が、シェイクスピア時代においては、中世の宗教的統一世界が、いずれも崩壊のきざしを見せはじめる。そのとき、劇詩人の想像力は、全体の危機に賭《か》けて、自由に羽ばたく。浪漫派の詩人たちは、それを手ばなしの自由の讃歌と受けとった。が、劇はそれ自身の法則を守る。登場人物の自由な生命力は、全体からの離脱と反逆とを通じて、かえって全体の存在をたしかめ、それを導き入れるようにしか動かない。なるほど、ハムレットはクローディアス政体の全体性を認めはしないが、それによって滅んでいくとき、それとは別の次元に、自分を滅ぼす全体性の存在を容認しようとしている。私がまえに、死にたいする信頼といったものはそれだが、私たちは、自分を滅ぼすものを信頼することによってしか生きられない。信頼ということばに値する信頼は、それしかないのである。いいかえれば、個人としての自分よりは、全体を信じるしかなく、そうすることによってしか、自分を信じることはできぬであろう。そう考えてみれば、シェイクスピア劇のストイックな主人公たちも、終局においては、やはり自分の死に信頼しているのだ。マクベスさえ、いや、マクベス自身はそうでなかったにしても、『マクベス』劇は、劇の常套《じょうとう》的な、そして本質的な在りかたとして、全体から離脱し、全体に反逆したマクベスの死をそのまま放置しはしなかった。かれによって弑逆《しいぎゃく》されたダンカン王の嫡《ちゃく》子《し》が歓呼をもって迎えられる一場面を、最後に附加している。これをエリザベス朝時代の俗人道徳に媚《こ》びる御用詩人の計算と見なすならば、それこそ近代的な俗説というほかあるまい。シェイクスピアは、その主人公たちの行動に個人主義的なストイシズムを許したとしても、劇の本質も作劇法も、個人主義的なものではありえぬことを、充分に知っていたのだ。私たちの黙阿弥《もくあみ》ですら、けっして勧善懲悪劇を書きはしなかった。あるいは、かれの勧善懲悪こそ、劇の本質的な在りかたにつながるものであった。

浪漫派にはじまった告白による自己主張という文学概念が、そのまま近代小説の本流になって以来、私たちは、作者の告白のうちに、「いかに生くべきか」という魂の記録を読みとろうとする。が、いいかえれば、それは、全体から離脱して生きようとする自己を是認するためにすぎない。そういう目的で、作者は小説を書き、そういう目的で読者は小説を読む。私たちは、いつのまにか、そう思いこんでいる。自由な生きかたとは、そういうことであり、誠実な生きかたとは、そういうことであると、私たちは信じている。が、生きかたとは、本来、全体的な生きかたしか意味しはしない。そして、どんな個人が、そういう生きかたを全体的に調整しうるであろうか。シェイクスピアは「いかに生くべきか」などという問いに小づきまわされてはいない。そんなことは個人には知りえぬことであり、知ってみたところで、それは自分以外のだれに受けいれられるものでもない。受けいれるものがないとすれば、それは自分だけの生きかたにすぎず、それなら、生きかたではなく、生きかたの否定にすぎないということになる。個人が個人の手で生きかたを探求すれば、それはただ全体的な生きかたへの反逆に終るだけのことだ。個人主義の効用はそこにしかなく、また、そこにおいて永遠に生きつづけるであろう。

シェイクスピアにとって、「いかに生くべきか」は、すでに教会が答えていてくれた。そして、それは教会のみが答えうることであった。ただ、シェイクスピアの想像力が、あるいは、その登場人物の生命力が、無意識のうちに、その規範を乗り超える。かれの、そして多くのばあい、かれらの意識も、明瞭《めいりょう》に十字架の前に恐れおののいている。暗い無意識の世界においてのみ、悪魔が自由と結託するのだ。そこから、いずれは破局にいたるべき劇的行為が発生してくる。

シェイクスピア劇においては、自由はけっして意識化されもせず目的化されもしなかった。自由はわずかに情念に身かたしたが、理性のものにはならなかった。それは主人公が衝動に身をまかした結果のものであって、衝動に身をまかすための名目ではなかった。元来、自由とは、そういうものであり、それで充分だったのだ。生命力はそれみずからが存在理由であり、他にいかなる正当化をも必要としない。

自由が正義によって合理化され、目的として追求されはじめたとき、生命力は稀薄《きはく》になる。いや、個人のうちに全体との黙契を可能ならしめる生命力が稀薄になるにしたがって、ひとびとは無目的な自由を恐れはじめ、身を守るために、それに目的や名目を与えて、正義の座にまつりあげるのだ。が、そうすればそうするほど、この形式的な威厳のうちに機械化された自由が、弱体化した生命力を締めつけてくる。個人を解放するための自由が、個性を扼殺《やくさつ》するのだ。

多くの個人主義者は全体主義を憎む。が、論理的にそれに抗しえない。当然なのである。全体主義は個人主義の帰結であり、その延長線上にあるものとしか、私には思えぬ。個人の自由ということに執著《しゅうちゃく》し、それを目的とするならば、私たちは、その手段として全体主義を採りあげねばならない。が、そこには、個人の解放もありえなければ、全体も姿を現さぬであろう。すでにいったように、全体主義の目ざすものは、個人を生かすための集合であり、組織でしかない。個人を生かすためにという以上、その全体は個人によって意識されたものであり、個人の支配下に属する。個人主義にせよ、全体主義にせよ、その原理は、人間が人間を支配しうるということにある。この原理のもとには、全体は存在しえぬ。全体の本質はつねに未知のものとして、私たちのうえに蔽《おお》いかぶさっていなければならぬ。

昔から、作劇術に「悲劇的アイロニー」ということばがある。悲劇において、ある人物の語ることばが、事件の経緯を知っている他の人物や観客には、べつの意味に、しかも深刻な意味に受けとれるばあいである。『マクベス』劇は終始一貫、それを主題とした芝居だが、『マクベス』ほどではないにしても、ほとんどすべての悲劇にそれがはなはだ効果的に用いられる。なぜなら、この「悲劇的アイロニー」を成りたたしめるものは、悲劇の主人公が自分の運命を知らずにいるということであり、かれがそれを知らずにいることを知るためには、観客には、それがわかっているということである。これほど効果的なものはない。観客は主人公がやがて自分とおなじ場所に到達するであろうことを心まちにするであろう。

さらに重要なことは、無智《むち》な個人の背景に、全能者の手を感得するということである。それはかならずしも宗教的な絶対者を意味しない。私は劇の造型に関していっているのだ。主人公の知らない、どういうことを観客が知ったか、その知識が問題なのではない。無智でありながら知っているという、その感覚が重大なのだ。それは、部分でありながら、同時に全体に参与しているという感じを観客に与える。もしそれがへたに用いられるならば、主人公はただ無智であり、観客はただ知っているにすぎない。が、うまく用いられれば、観客は知っていながら、主人公の無智を自分のものになしうるし、主人公は無智のまま、全体の影を背負いうる。

ソクラテスがその対話法に用いたアイロニーも、つまりは無智を仮面とすることにあった。それは論争において敵を誘い寄せる効果的な方法でもあるが、また自分にとっても真実に到達するための最短距離の道でもあった。かれは全体を知ってはいなかったが、無智ではなかった。かれは全体というものを知りえぬことを知っていたのであり、無智という段階にとどまっていなければ、全体をつかみえぬことを知っていたのである。ソクラテスは世界を解明するような形而上学《けいじじょうがく》を打ちたてなかったし、そうかといって、東洋流の沈黙の隠者にもならず、対話のアイロニーに終始して迷わなかった。プラトンの描いたソクラテスの対話が、なんの結論にも達せぬままに、そして、いまの私たちには、なんの知識内容をも与えぬにもかかわらず、そこに全智というものの真の姿が造型されているのは、そのためではないか。

劇の終末において、私たちは、ただ事件の経緯を明らかにされるだけではなく、無智なるものが無智のままに全智にいだきとられるのを、眼《ま》のあたりに見るのである。個人が個人であることを主張したまま、全体に合一するのを、そして自由が自由であるままに、掟《おきて》によって罰せられるのを、私たちは感じとる。

シェイクスピアは、そういう劇の図式を、芸術の形式を、かたく信じていたのだ。それは通俗への追随でも偽善でもない。仮面のうしろで、かれは狡猾《こうかつ》な笑いをもらしてなどいなかった。シェイクスピアは劇の図式を信じていたと同時に、人間の生きかたを信じていたのだ。かれは人間の情念に、たえず懲罰の鞭《むち》をふるいながら、飽くことなく、それを描きつづけた。シェイクスピアをまつりあげた浪漫派には、懲罰という劇の形式を信じているかれの姿は、おそらく眼に入らなかったであろう。劇というものが、懲罰の儀式であることを、かれらはぜんぜん理解していなかったのだ。

が、劇は究極において倫理的でなければならない。元来は、それは宗教的なものであった。その本質は、今日もなお失われてはならぬ。

七

劇はつねに宗教的な秘儀のうちに、その起原を置いている。ギリシア劇においては、そのことが明瞭《めいりよう》に看取される。その宗教的背景が、シェイクスピア劇では、一見うしなわれているかのように見えるのだ。すべては明快であり、どこにもミスティシズムのおもかげは窺《うかが》えぬ。そこに見いだされるあらゆる要素は、そのまま私たちの近代劇が受けつぎうるものであり、また、じじつ受けついできたと思われている。その軽率な同伴者意識から、私たちは、かえってシェイクスピア劇に、今日まであいまいな疑いをもちつづけてきたのだ。

もちろん、かれの詩的天才を疑うものはいない。また、やや通俗的ではあるが、その作品の劇的効果は否定しえない。それにしても、近代的な合理主義からいえば、かれの作劇術は、あまりにも粗雑にすぎ、実証的な写実主義からいえば、心理的リアリティを欠いている。その精神や思想にいたっては、私たちは、シェイクスピアのなかに一個の人間である作者の像をみとめることができない。つまり、かれは近代的な意味における芸術家ではない。ひとびとはいうであろう、ハムレットやリアの主張を読みとることができても、作者の主張はどこにも読みとれない。作者はどこにいるのか、と。

そういうひとたちに、私は答える。すでにいったように、私は個人の主張などというものに、もはやなんの興味も感じない。個性や心理の、いかに微細な分析も、いまの私にはなんら新鮮な驚異や喜びを与えない。すべてはわかりきったことだ。それらは季節に開花する路傍の花ほどにも、私の眼《ひ》を惹かぬであろう。が、作者の思想と現実の分析となくして、現代文学はなりたたぬ。問題は、それが路傍の花にどう道を通じているかである。私ばかりではあるまい。私たちが求めるのは博物学でも博物学者でもなく、生きた花なのではないか。シェイクスピアから私たちが受けとるものは、作者の精神でもなければ、主人公たちの主張でもない。シェイクスピアは私たちになにかを与えようとしているのではなく、ひとつの世界に私たちを招き入れようとしているのである。それが、劇というものなのだ。それが、人間の生きかたというものなのだ。

宗教的な秘儀は、つねにそのことを目的としていた。見ることを許された特定のひとたちを、眼前に「おこなわれていること」の世界に引きずりこむのが秘儀の目的である。いわば路傍の花が私たちを季節のなかに引きずりこむように、奥儀《おうぎ》が啓示されるのである。ミスティシズムというものは、近代人が近代的な猜疑《さいぎ》を働かせるほど、不可解なものではなかったであろう。奥儀の啓示とは、全体感の獲得をうながすものにほかなるまい。とすれば、古代人は、かれらもまた、近代人が近代的な猜疑を働かせるほど、それほどに個我を全体のうちに埋没せしめていたわけではあるまい。もちろん、かれらの時代には、他我を対立物と考えさせられる機会よりは、暴風雨や旱魃《かんばつ》などの天災を障碍《しょうがい》と考えさせられる機会のほうが、はるかに多かったのにちがいない。が、やはり、かれらはかれらなりに、自然や集団の全体性から離脱する危機を感じていたのである。その孤立の危機感が秘儀を要求し、奥儀の啓示にすがりついたのではなかったか。それは自己と対象とのあいだに、あるいは自己のうちにある自己の情念とそれを否定してくる外界とのあいだに、調和と均衡とを保とうとする試みである。いってみれば、違和感の消滅にほかならぬ。それこそ、路傍の花に眺めいるとき、私たちの感じる喜びではないか。私たちは小さな花を通じて、季節のうちに、自然のうちに、全体のうちに復帰しうるのを喜んでいるのである。私たちの祖先は、泉や若芽に神がやどるのを見た。ミスティシズムというのは、元来、それほどの意味にすぎない。なにも不可能なことがらではないのである。サルトルが『嘔吐《おうと》』のなかで女にいわせている「完璧《かんぺき》な瞬間」というのも、じつはそういうものを背景にしなければ成りたたぬのである。対象とのあいだに、違和感を見ず、自己も対象も部分のままでありながら、全体に抱きかかえられている瞬間、それを女は欲した。そして失敗した。相手の男が協力しなかったからである。ということは、女は男のまえで、路傍の花にたいするようにすなおに、自分の違和感を棄《す》てさることができなかったということだ。のみならず、女は相手にそれを棄てることを求めていたのである。いいかえれば、自分が主役を演じうるように、相手がふるまうことを期待していたのである。もし、個人が、個人の手で全体性を造りあげようとすれば、自分がその中心になり、相手を自分のまえに跪《ひざまず》かせるまでは、とどまることを知らぬのである。『嘔吐』のなかの女は、たとえ受身の端役《はやく》においても、主役を批判し制御しようとしているではないか。対象を路傍の花にかぎれば、それは逃避にしかならぬ。が、自然のみを対象とすることも、今日では、すでに逃避である。天災と戦おうとする科学は、私たちの自然にたいする支配慾《よく》の現れかもしれぬが、その裏で、もし私たちが自然との調和だけを心がけるとしたなら、やはりそれは逃避であろう。同様に、階級や戦争の悪を根絶しようとする試みも、私たちのあいだにあっては、容易に逃避に転化しうるのだ。

そればかりではない。個人が個人の手で、あるいは人間が人間の手で、全体を調整しようとすれば、自分が勝ち、相手を滅ぼすしか道はない。生命の貴重や平和を口にしようと、それが当然の帰結なのである。なぜなら、生がそれ自身によってのみ全体を構成しうるとすれば、それはあらゆる名目のもとに自己を正当化し、その極限においては、他人の死をも、自己正当化のために利用せずにはすまなくなるであろうから。

現代のヒューマニズムにおいては、死は生の断絶、もしくは生の欠如を意味するにすぎない。いいかえれば、全体は生の側にのみあり、死とはかかわらない。が、古代の宗教的秘儀においては、生と死とは全体を構成する二つの要素なのであった。人間が全体感を獲得するために、その過程として、死は不可欠のものだったのである。死から生へ、そしてそのためには、生から死へ、その過程を演じること、それがつまり、秘儀に参加しているひとびとの眼前で「おこなわれていること」だったのである。

古代ギリシアのエレウシス教のある祭司は「死は禍事《まがごと》ではなく、恵みである」ということばを残している。このことは、現在、私たちが考えるほど陰惨《いんさん》な思想でもなければ、古代の蒙昧《もうまい》を物語るものでもない。秘儀を通じて死を経験することが、強く生きるための発条と考えられていただけのことである。かれらがそのために死ぬに値するものが生のうちにあったのであり、それがまたかれらに生きがいを与えていたのだ。もしそれがなければ、私たちは死を恐れるであろうし、同時に自己の生を信じえないであろう。そのために死ぬに値するものとは、たんなる観念やイデオロギーではない。個人が、人間が、全体に参与しえたと実感する経験そのものである。そして、それは死の瞬間においてしか現れない。この瞬間を境にして、人は古い生と新しい生とを同時に所有しうるのである。私たちは、死に出あうことによってのみ、私たちの生を完結しうる。逆にいえば、私たちは生を完結するために、また、それが完結しうるように死ななければならない。ふたたび、それが、劇というものなのだ。それが、人間の生きかたというものだ。

三島由紀夫は山本常朝について、みごとな観察をくだしている——

常朝が殊更《ことさら》、「早く死ぬかた」の判断をあげ、その前に当然あるべき、これが「二つ一つの場」かという状況判断を隠していることには意味がある。死の判断を生む状況判断は、永い判断の連鎖をうしろに引き、たえざる判断の鍛錬は、行動家が耐えねばならぬ永い緊張と集中の時間を暗示している。行動家の世界は、いつも最後の一点を附加することで完成される環《わ》を、しじゅう眼前に描いているようなものである。瞬間瞬間、彼は一点をのこしてつながらぬ環を捨て、つぎつぎと別の環に当面する。それに比べると、芸術家や哲学者の世界は、自分のまわりにだんだんにひろい同心円を、重ねてゆくような構造をもっている。しかしさて死がやって来たとき、行動家と芸術家にとって、どちらが完成感が強烈であろうか？　私は想像するのに、ただ一点を添加することによって瞬時にその世界を完成する死のほうが、ずっと完成感は強烈ではあるまいか？

（『小説家の休暇』）

私も同感である。行動家は自己の生を芸術作品たらしめることができるが、芸術家は自己の生のそとに芸術を造ることしかできない。いちおう、そういえる。が、当面の問題はそこにあるのではない。私のいいたいのは、劇の登場人物は、行動家として、自己の生を死によって完結するように生きねばならぬということだ。

三島由紀夫は、劇のうちに、建設への意思と同時に、破滅への意思を見ているが、それはたんに作劇術の問題にとどまるまい。秘儀に発した劇の本質にかかわることがらなのだ。それが秘儀である以上、劇は観客を死に引きずりこまなければならない。

そうすることによって、新しい生のよみがえりが用意されるのであるが、それは、そのまえに私たちが古き生の完結を見たからである。ギリシア語の劇はドローメノーンであるが、それは眼前に「おこなわれたこと」を意味する。元来、それは「語られたこと」ではなく、あくまで「おこなわれたこと」であったのだ。

『嘔吐』のなかで、サルトルはこともなげに「完璧な瞬間」というが、それは現実のうちでは、他者をすべて死んだ物質と見なして生きるか、さもなければ、自己の死がつねに必然の完成となりうるように生きるか、どちらかによってしか得られない。いずれにせよ、世に完璧な行動家などというものは存在しえないのである。ただ劇の主人公だけが、私たちの前に、そういう姿で現れる。かれの行動は多くのものに死をもたらし、最後に自分のうえにも必然の死を招くのだ。

その意味で、ハムレットは終始一貫、行動家である。三島のことばをそのまま借りれば、『ハムレット』劇は「死の判断を生む状況判断は、永い判断の連鎖をうしろに引き、たえざる判断の鍛錬は、行動家が耐えねばならぬ永い緊張と集中の時間を暗示している」ように構成されている。ハムレットは「いつも最後の一点を附加することで完成される環を、しじゅう眼前に描いているようなものである。」その最後の一点とは、意識的には敵の死であり、無意識的には自分の死であった。ハムレットはレイアーティーズとの決闘をまえにして、ホレイショーにいう。

前兆などというものを気にかける事はない。一羽の雀《すずめ》が落ちるのも神の摂理。来るべきものは、いま来なくとも、いずれは来る――いま来れば、あとには来ない――あとに来なければ、いま来るだけのこと――肝腎《かんじん》なのは覚悟だ。いつ死んだらいいか、そんなことは考えてみたところで、誰にもわかりはすまい、所詮《しょせん》、あなたまかせさ。

（第五幕第二場）

このときのハムレットは、行動家として、死を予感している。いまこそ、環が完成されるときだと、それをはっきり口にだしていう。が、私たちは、それまで、かれが、いくたびか、その環を閉じることを避けてきたのを知っている。「瞬間瞬間、彼は一点をのこしてつながらぬ環を捨て、つぎつぎと別の環に当面」してきたのだ。ハムレットは死そのものを恐れたのではなく、自己の生を必然化しうる死を待っていただけである。同様に、敵を倒すのにも、かれは時を選ぼうとした。かれが欲したことは、安全な殺人でもなければ、完全犯罪でもない。敵の死にも、かれは自己の生の必然を見ようとしたのである。重要なことは、かれが「時」を待ちながら「時」をのばそうとしていることだ。マクベスが「時」を急ぎ、「時」のさきまわりをするのと正反対である。

劇中人物であると同時に作劇者だというハムレットの二律背反は、また、こういいかえることができよう。かれは、秘儀をつかさどる祭司であると同時に、神前に捧《ささ》げられる生贄《いけにえ》なのである。もちろん、マクベスにも、その他のシェイクスピア劇の主人公にも、多少、祭司のおもかげは見いだされる。かれらは、近代劇の主人公たちにくらべてさえ、自己の破局にたいして意識的であり、ときには意思的ですらあるからだ。が、かれはあくまで生贄にとどまっている。ハムレットほど明瞭に、いや、それ以上に、端的に祭司の役割を演じる劇中人物としては、他に『あらし』のプロスペローがいるだけであろう。しかし、『あらし』は悲劇ではなく、プロスペローは自己を生贄に供しない。

たしかに『ハムレット』劇ほど、秘儀の気分を濃厚にただよわせているものは他にないのだ。それが、私たち現代人の眼に、この劇を複雑で不可解なものと映ぜしめる。

『演劇の理念』の著者フランシス・ファーガソンは『ハムレット』劇を「祭儀と即興」の劇と規定し、こう述べている――

エリザベス朝の劇場は、ヴォードヴィルのごとき「見せもの的なもの」として、同時にまた、古代の祭儀のごとくその時代の生活の中枢《ちゅうすう》となるものとして、これら二つの方法、劇場機能の二つの次元を、シェイクスピアに提供したのである。この祭儀と即興こそ、近代自然主義の伝統を背負った正劇が、今日まで、あえて採りいれまいとし、あるいは、それなしですませるようなふりをしてきたものである。

ファーガソンは、そういう観点から『ハムレット』劇の構造を分析している。かれによれば、祭儀の場面は第一幕第一場「衛兵の交替」と、それに続く第二場「クローディアスの御前会議」であり、最後の第五幕第一場「オフィーリアの葬式」と、それにつづく第二場「決闘」である。それにたいして、即興の場面は第一幕第四場で、ハムレットが王、およびデンマーク国民の不節制に揶揄《やゆ》を浴せるところ、第二幕第二場で、役者の到著《とうちゃく》前後、ポローニアス、ローゼンクランツ、ギルデンスターン、そして役者たちと意地のわるい諧謔《かいぎゃく》をまじえるところ、第三幕第二場で、役者を相手に演劇論を語るところ、そして最後に、第五幕第一場で墓掘りと会話を交すところである。この最後の墓掘りとの即興劇は、そのままただちにオフィーリアの葬式という祭儀にひきつがれるが、この二つの要素が分ちがたく混りあっているのは、第三幕第二場「劇中劇の場」である。さらに、ファーガソンは第四幕第五場「オフィーリア狂乱」を見せかけの祭儀であり、真正の祭儀にたいする冒瀆《ぼうとく》だといっている。多少のうがちすぎもあるが、かれの分析は正しい。

なお、これに加えるならば、第一幕第五場における「ハムレットと亡霊との対話」、第三幕第一場「尼寺の場」、第三幕第三場における「王の懺悔《ざんげ》の場」、第三幕第四場における「母への諫言《かんげん》」、第四幕第四場における「ノールウェイ兵の行進」、これらは祭儀の場に準ずるものであり、むしろハムレットが、あるいはハムレットに奥儀《おうぎ》を啓示する秘儀の重要な部分になっている。さらに、第二幕第二場において佯狂《ようきょう》のハムレットがポローニアスを揶揄するところ、第四幕第三場において、王の前にひきだされたハムレットがポローニアスの死について毒舌をふるうところ、そのほか、いたるところ、荘重な祭儀のすぐあとに、あるいは、そのまえに即興劇の道化役ハムレットが顔をだす。

「劇中劇の場」においては、なるほど、ハムレットは一国の重臣たちを前にした道化役でもあり、同時に座頭《ざがしら》であり祭司でもあるが、重要なことは、この場のみならず、かれはむしろ即興的な道化役のうちに、祭司の役割をよりよく果しえているということだ。祭儀の場では、かれは生贄に終始している。が、かれのうちの意識家が、生贄としてのかれに祭司の余裕を与え、かれのうちの行動家が、祭司になっているかれに窮地に追いこまれた生贄の切実感を感ぜしめるのだ。

『ハムレット』劇にかぎらない。シェイクスピアの悲劇には、私たちを死の世界にひきずりこみ、そこからの再生を暗示するミスティシズムがある。ファーガソンが指摘している「祭儀の場面」は、じつはさほど重要ではない。それは劇中において、とりおこなわれた祭儀である。かれの悲劇や史劇のなかにはたしかにそういう要素がふんだんに見いだされる。そして、ファーガソンのいうように、シェイクスピア自身も、また当時の観客も、その意味と効用とを、無意識のうちに知っていたであろう。が、それは、シェイクスピア劇そのものが秘儀であり祭典であったという事実を前提にしなければ、真に理解しえぬであろう。

『ハムレット』劇はたんなる家庭悲劇ではない。同時に、復讐《ふくしゅう》の政治劇でもない。その主題は死にいたるデンマーク国家の病いと、その救済である。『マクベス』劇においても、その点が改めて強調されなければならぬ。そこには三人の医者が登場する。民衆の病いを、その肌に手を触れただけで癒《なお》す聖王。それを羨《うらや》む医者。そしてマクベス夫人の精神錯乱を癒しえぬ医者。その男をマクベスは嘲弄《ちようろう》していう、「お医者殿、出来たら、この国の小水を検査して、病因を突きとめ、毒をすっかり洗い流して、健《すこ》やかなもとの姿にもどしてもらいたいものだ、」（第五幕第三場）シェイクスピアにとっては、人間や国家の悪は病気なのである。『マクベス』劇では、さらに、それが病める自然と結びつけられる。第二幕第三場において、ダンカン王の弑逆《しいぎやく》が発覚する直前、レノクスはマクベスに向って問わず語りに、前夜の不気味な自然現象を告げている。

ゆうべは一晩中、不気味なことばかり続きましたな。われわれの泊った家では、煙突が吹き倒された、噂《うわさ》によると、悲しい声が空を蔽《おお》い、死を告げる苦悶《くもん》の叫びも怪しげに、陰惨な調べが響きわたり、末世に現れる不吉の乱れ、不穏な椿事《ちんじ》を告げ知らせたとか。あの夜の鳥も、夜どおし鳴きつづけていたという。なかには、大地が、あたかも瘧《おこり》にかかったように震えおののいたなどと言いふらす者もある。

この一節は、マクベスの手による国家の不幸の前兆なのだ。さらに、その兇行《きょうこう》につづく第二幕第四場では、ロスと老人との対話がある。

それ、お年寄、あの空を。天も、人の世のしぐさには、さすがに業《ごう》をにやしたか、この血腥《ちなまぐさ》い舞台を見おろして、あのように面を曇らせている。時計はまだ昼だというのに、暗黒の夜が空の燈りを遮ってしまった。夜の力がまさってか、それとも昼が恥じて顔をそむけたのか、こうして闇《やみ》が大地の面を埋め、生き生きした光の口づけを妨げるとは？

その他、自然現象と国の病いとの照応は随所に出てくる。『マクベス』劇ばかりではない。シェイクスピアのすべての悲劇が、それを強調している。『ハムレット』劇でも同様である。第一幕第一場で、亡霊の噂をする衛兵に向って、ホレイショーはいう。

針のさきほどのごみでも、眼に入れば煩《わずら》わしい。大昔の話だ、シーザー暗殺のまえには、さしも栄華を誇ったローマにも、いろいろな凶兆が現れたらしい。墓はことごとく腭《あぎと》を開き、その亡骸《なきがら》を吐き出だす。経帷子《きょうかたびら》をまとった死人の群が、気味の悪い叫び声をあげ、不可解な言葉を撒《ま》きちらしながら、ローマの辻々《つじつじ》をうろつきまわったという。現に、おなじような異変の前じらせが、このところ次から次へと。そうではないか、星は焔《ほのお》の尾をひき、血の露をふらせ、日の光は力を失い、大海を支配する月もこの世の終りかとばかり病み蝕《むしば》まれる、天地が示し合せて、なにか不祥事の待ち伏せを、この国のひとたちに告げ知らせようとしている、どうしてもそうとしか。

そのとき現れた亡霊に向って、ホレイショーは呼びかける、「わかっていれば避けられるこの国の禍《わざわい》を、知っているなら、頼む、言ってくれ！」そして、第一幕第四場では、ハムレットが亡霊を追って去ったあとで、マーセラスは呟《つぶや》く、「この国のどこかが腐りかけているのだ。」第一幕第五場では、ハムレットの有名なせりふがある、「この世の関節がはずれてしまったのだ。なんの因果か、それを直す役目を押しつけられるとは！」こうして、『ハムレット』劇においては、個人的な慾情《よくじょう》も、王冠にたいする野心も、また、その復讐も、すべてが死にいたる病いなのである。シェイクスピアの時代には、中世の宗教国家の観念が、まだ健康に生きていたのだ。のみならず、当時の生活感情のなかには、異教のミスティシズムが強く息づいていた。というより、中世のクリスト教そのものが、上には巨大な神学体系を築きあげながら、その根がたには、そういう民衆の自然感情を温存し、そのうえに便乗していたのである。

八

行動というものは、つねに判断の停止と批判の中絶とによって、はじめて可能になる。私たちはよく「現実を認識しなければならない」とか「現実を凝視せよ」とか、そういうことばを無考えに濫用《らんよう》する。行動は、その「現実の認識」のうえに打ちたてられねばならぬと考え、また、じじつ、自分たちはそうしてきたと思いこんでいる。したがって、その認識が、一つの仮説にすぎぬことを私たちはとかく忘れがちである。仮説が「現実の認識」と同時に、その切り棄《す》てによって成りたつものであることを忘れている。

劇の主人公は、つねに一貫した行動家であるがゆえに、最初に、あるいは劇の進行過程のどこかで、この判断の停止と批判の中絶とを敢行しなければならない。いいかえれば、かれは不充分な資料を、不充分なままに信頼しなければならないということだ。劇の主人公ばかりではない。じっさいには、私たちはつねにそうして生きている。

どんな小さな世界においても、私たちは他人の善意を、あるいはその悪意を、ささやかな過去の経験から、たとえば、相手の表情やことばから、それとなく感じとる。が、それらは資料としては不充分である。友人間や夫婦間のいい争いは、こうしていつも不充分な資料にもとづいておこなわれ、いざ、相互のことばを検討しはじめるとなると、どちらの側にも確たる証拠のないことが発見される。つまり、そのときはじめて、私たちが、いかに軽々に、不充分な資料によってのみ、行動しているかを思い知らされるのである。

もし資料が充分に出そろってから行動に移るべきだとしたら、私たちは永遠に行動できぬであろう。資料は無限であり、刻々に増しつつあるものであり、のみならず、行動によってのみ、あるいは明らかにされ、あるいは新しく発生するからだ。私たちは認識のためにも、行動しなければならぬ。そして失敗するであろう。それが悲劇の型である。喜劇は、このいきちがいからの脱出を描く。それだけのちがいだ。

が、はたして、悲劇の主人公は破局において、失敗したのであろうか。その破局がなぜ観客に生きがいを感ぜしめるのであろうか。主人公が周囲の現実にたいする認識において無智《むち》であることを、そして、その無智《むち》のゆえにのみ破局に落ちいったことを、観客はなぜ軽蔑《けいべつ》し嘲笑《ちょうしょう》しないのか。そのことについて、私はすでにこういった、無智なるものが、無智のままに全智にいだきとられるのを、眼《ま》のあたりに見るからであると。

心貧しきものこそ、さいわいだといったイエスのことばは、さほど深遠な叡智《えいち》の所産とも思われぬ。常識的な論理にすぎまい。論理的にいえば、知識は部分にしか関与せず、部分的な知識をいくら重ねても全体にはならぬということであり、それは、部分と全体との次元の相違を指摘しているのである。ついに全体を認識しえぬ以上、十の知識も千の知識も同断だと、イエスはそういっているのであり、その差に優越感をいだいていたパリサイ人を笑ったのである。

すでに酔おうとして劇場にやってくる観客は、いいかえれば、一つの行動に参与しようとしてやってきたかれらは、主人公の無智にたいしては、はなはだ寛大である。かれらの心理は、最初から眼を閉じようとしている。同時に、かれらは、日常生活における知識の集積から、それをいくら重ねても全体感に達しえぬ疲労から、すなわち無意味な現実から、逃避しようとして劇場に足を運んでくるのだ。かれらは、劇場から、このうえ、なんらかの不完全な知識を持ちかえろうと欲してはいない。かれらのほしいのは生の全体感であり、そのためには、かれらは喜んで無智の切り棄てに身をまかせるのだ。判断の停止や批判の中絶を必要とするのだ。

私たちは日常生活において、ただ知識の集積に疲労を感じるばかりでなく、同様に、無意味な行動の集積に疲れはてている。なるほど、行動は知識の抛棄《ほうき》によって、はじめて可能になるのであるが、それはふたたび知識によって追い越される。過《あやま》った行動や意に満たない行動は、より豊富な知識によって批判される。私たちの日常生活は、そういう行動によってのみ、成りたっているのだ。私はまえにいった、完全な行動家などというものはありえない、と。それは神話化されたイエスにまかすほかはない。

私小説家の犯した過ちは、批判によって追い越されぬ行動によって、自分の実生活を整えようとしたことにある。が、そういうことは不可能だ。それが不可能ならば、小説を書くという仕事を、実生活上の行動の延長線上にもってくることによって、それを追い越すという操作をくりかえさねばならなくなる。それは過ちであると同時に、一種のずるさだが、この無意識のずるさを、意識が追い越したとき、そのずるさに居なおって堕落するか、それを否定して自殺するか、二つに一つしかあるまい。それは徹底的に部分にとどまり、部分として完成することである。この敗北主義には、つねに特権意識がつきまとう。個人が自分ひとりの手で、自分の気に入るように全体を調整しようという思いあがりであり、その意思につきあってくれぬ全体とは絶縁するということであり、さらに、その絶縁によって、部分にすぎぬ自己を全体と錯覚し、その全体の名において、社会的な秩序を失った世間の生活者を批判しようということである。私小説作家にかぎらない。私たち、多くの知識階級の落ちこみやすい陥穽《かんせい》がここにある。私たちは、認識において、現実の資料をすべて知りつくすことができないと同様に、行動においても、生涯、一貫した必然性を保持することはできない。一生を整え、それに必然の理由づけを附することは、ついに個人の仕事ではありえないのだ。個人は全体を自己に奉仕せしめることはできず、自己を全体に奉仕せしめなければならない。必然性というものは、個人の側にはなく、つねに全体の側にある。個人の脱落や敗北は、全体の必然性を証明するためにのみ正当化される。敗北しながら、自己の必然性を正当化する浪漫派の歌は、所詮《しょせん》、ひかれものの小唄《こうた》にすぎぬ。全体の勝利を信じなければ、個人としての私たちは、安んじて脱落することさえできないのだ。

私たちは、滅びながら、眼のまえに、自分を棄てて生きのびる全体の勝利を見ようとする。それを見て喜ぼうとする。この本能は、おそらく劇場の美学の根本原理をなすものであろう。ギリシア劇においても、シェイクスピア劇においても、またイプセン、ストリンドベリ、チェーホフの戯曲においても、のみならず、スタンダール、トルストイ、ドストエフスキーなどの劇的な小説においても、この美学の原則は忠実に守られている。そこでは、個人の恣意《しい》や情念が、その極限まで刺戟《しげき》され追求されたあとで、かならず全体の名により罰せられ滅ぼされていく。私たちの、意識の表面は、そこに個人の自由を読みとって、日常生活では得られぬ満足を感じるかもしれぬ。が、無意識の暗面では、その個人の自由が罰せられたことに、限りない慰撫《いぶ》を感じているのである。なぜなら、そこに私たちははっきりと全体の存在を確めえたからである。

こういう美学的要請は、たんに劇や小説のなかにおいてばかりでなく、現実の生活においても絶えず現れる。私たちは、平生、自分を全体と調和せしめようとして、それができずに疲れはてている。いいかえれば、生理的には必然かもしれぬが、倫理的には偶然な事故にしかすぎぬ死以外に、なんの完結も終止符もない人生に、倦《う》み疲れているのだ。私たちの本能は、すべてが終ることを欲している。フロイトやロレンスにならっていえば、人間のうちには生への慾求《よっきゅう》と同様に死への慾求がある。いや、私たちは生きようとする同じ慾求のうちに死のうとしているのだ。この二つの慾望は別のものではない。死は生を癒《いや》すものであるばかりでなく、それを推進させるものなのだ。終止符が打たれなければ、全体は存在しないし、全体を眼のまえに、はっきりと見ることができない。

たとえば、私たちは、こういうことを経験しなかったか。愛している親兄弟でさえ、かれらが死んだ瞬間、悲しみや苦しみと同時に、一種の快感に似たものを感じて、うしろめたい気持に襲われたことがないだろうか。ことに長い看病のあとでは、誰しもそれを感じて、一息つくであろう。それは、愛するものの死によって、自分のなかの一部が死に、自分の生活に一つの終止符が打たれたからである。無意味な日常生活の、すべてからではないが、ある部分からだけは、解放されたからである。

そして、私たちは、絶えず自分の手もとに殺到してくる現実の資料を、それを機会に、思い切って断ち切ることができる。それを境に、私たちは、朝の何時に出勤し、夕がたの何時に帰って来る何某会社の社員であることをやめるのだ。どこで、何時に、誰と約束していた何某であることをやめるのだ。私たちは、もはや個人ではなくなる。死者の親族であり、施主《せしゅ》である。一口にいえば、通夜《つや》から葬儀という儀式のなかの、一つの役割にすぎなくなる。そこにあるのは、個人ではなく、儀式という、一つの全体を形づくるための型である。そういう仮面をつけることによってしか、私たちは、私たちを個人として絶えず攻めてくる現実の追求からまぬかれることができない。近親の死という異常事は、たしかに平板な日常生活の停止と、それからの解放とを意味するが、もしそれにともなう葬儀という儀式がなかったなら、日常生活は停止するどころか、おなじ日常生活の次元に、さらに新しい経験の負荷を加えて、ますます複雑化するのみであろう。私たちは、死をめぐるいっさいの手つづきや気持の処理を、きのうとおなじ日常生活をつづけながら、それを縫ってやっていかねばならなくなる。が、儀式が私たちを日常的な時空の連続から解放してくれる。うしろめたい気持を感じながらも、じつは私たちはそういう機会を日ごろ待っていたのだ。同時に、日常生活の次元では処理しきれない悲しみを、しかし放っておけば、その次元に帰してしまう悲しみを、儀式の型によって救いあげようとする。ということは、悲しみを却《しりぞ》けることを意味しない。悲しみを却け、それとたたかい、それからのがれようとするのは、むしろ日常生活の作法である。が、葬儀はあくまで悲しみの儀式であり、悲しみを味わいつくすことを目的としている。さらにいえば、生者として、死を味わいつくすことを目的としている。生は死によってのみ完結する以上、私たちは葬儀において、生から死への、そして死から生への過程を、すなわち、生と死との同時存在によってのみ味わいうる全体感を得ようとしているのである。

葬儀の会葬者たちは、意識するとしないとにかかわらず、深刻な表情のもとに死を悲しむ演戯をする。親疎《しんそ》のべつはあっても、とにかく一様におなじ仮面をかぶり、足のしびれを我慢しながら、僧侶《そうりよ》の読経《どきよう》を聴いている。こういう同一条件のもとにおいては、個人的な感情や利害関係を、直接に表現することは許されない。すべてが型にしたがわねばならず、その型によって定められた役以外のことを演じてはならぬ。遺族すら、いたずらに悲しみに耽《ふけ》ることは許されない。かれらは会葬者を迎え、挨拶《あいさつ》し、饗応《きょうおう》しなければならぬし、いっさいを祭司としての僧侶の演出にゆだねねばならぬのだ。それは、故人を真に愛していた遺族にとって、しらじらしい虚礼と感ぜられるかもしれぬ。が、故人を失った悲哀感は、それがなまなましいものであればあるほど、その真実性を保証するための型が必要なのである。切実な感情は、日常生活の煩雑《はんざつ》さを厭《いと》う。私たちはなにものにも邪魔されずに、純粋にそれを味わい、一定の深さと一定の持続とのうちに保ちたいと思う。それゆえ、日常生活との断絶が必要なのだが、同時に、それは、野放図に解放されたままでは、あの悲哀感のうちにひそむ快感は消滅し、苦痛をともなった不快感と化して、かえって純粋性を失うのである。のみならず、私たちは、そのあとで、かえってしらじらしい気持になり、自己の感情の真実性を疑いはじめる。切実な感情ほど、たちまちにして虚偽に転化しやすいものなのだ。型にはまったよそよそしい儀式が私たちに悲しみの純粋性を保証してくれるのである。

それればかりではない。一人の人間の死は、遺族を日常生活の平板さ、煩雑さ、責任の強要などから解放するだけでなく、また会葬者をも解放する。すくなくとも、かれらはその機会を見のがさない。きまじめな通夜の客は、読経のあとでは、猥雑《わいざつ》な宴会の客となり、そこには、およそ人間の死という厳粛な事実にふさわしくない情景が展開される。一方、遺族は棺《ひつぎ》のそばにうなだれ、涙をおさえている。あるものは堪《こら》えきれず、居間にひっこんで、たがいに悲しみをわけあう。ときには鷹揚《おうよう》な施主が宴会の席に現れ、自分の悲しみを押しかくし、献酬をかさねながら、会葬者に奉仕する。かれは、この儀式の主体が、いまや死者の側にも遺族や施主の側にもなく、礼をわきまえぬ会葬者の側に、つまり生者の側にあることを知っているからだ。会葬者たちもそれを承知していて、あえて遺族の悲しみに立ち入ろうとはしない。

たまたま遺族のなかに、純粋な青年がいたとすれば、かれは会葬者たちの心なき酔態に不快を感じるかもしれない。読経や焼香のときの会葬者の厳粛な仮面にしらじらしい虚礼を見たときと同様、いや、それだけに、かれらの打って変った酔態に、まさにその虚偽の証拠を見たとおもうにちがいない。が、さきに、かれの悲哀の真実性が、よそよそしい作法によってささえられていたのとおなじように、いま、それは猥雑な宴会によってささえられているのだ。もし会葬者の悲哀の表現が遺族のそれをはるかに凌駕《りようが》したばあい、かれはどういう気持をもつか。かれは自分の悲しみが自分のなかに沈潜していく快感を味わうことができない。逆に相手の心のなかに、より深い淵《ふち》を見いだし、そこに引きずりこまれていくような焦燥感をおぼえるであろう。つまり、故人を会葬者たちに奪われるような不安を感じるにちがいない。会葬者たちの酔態は、たとえ遺族に反撥《はんぱつ》を感じさせながらも、遺族たちは、その抵抗によって、自分の悲しみの真実性を保ちうるのであり、それを適度に深化し持続しうるのである。

死は私たちに日常生活の停止と、それからの逃避の機会をもたらすが、もし会葬者がいなかったら、そして葬儀という儀式の型が存在しなかったら、いいかえれば、もしそのばあい、生活がべつの次元に、それみずから完結した世界を形づくらなかったとしたら、私たちはいかに行動していいか、まったくその方途を見うしなうであろう。葬儀は、遺族たちをして、まず悲哀の深みに沈潜していかしめ、さらにかれらが密室のなかに閉じこめられて身うごきできずにいるとき、その扉を開いて、死から生への橋渡しをするのである。そこに、私たちは劇場におけるいとなみと、まったくおなじものを見る。遺族は悲劇の主人公であり、会葬者は観客である。そして会葬者もまた死を経験し、死から生への過程を演じるのである。私たちのなかのハムレットが死に、フォーティンブラスがよみがえるのだ。

私たちは三十五日とか四十九日とか、あるいは一周忌、三回忌というような法事をいとなむが、会葬者はもちろん、遺族の悲しみも、そのたびごとに浅くなる。遺族は舞台を降り、会葬者とおなじ平面に立つ。七回忌、十三回忌となれば、もはや遊山《ゆさん》と変りはない。それは死者のための死の儀式であるよりは、生き残っている生者のための生の習俗と化してしまう。

しかし、習俗と化してしまったとしても、また、中村光夫が「葬式について」のなかでいっているように、今日の葬儀の形式が私たちの生活感情からいかに遊離しているにしても、私たちは、それをたんなる虚礼として軽蔑することはできない。私たちは儀式なくしては、またその世俗化したものとしての習俗なくしては生きられないのである。いいかえれば、私たちは、劇場においてばかりでなく、人生においても、つねに劇を求めているのだ。もちろん、劇場が逃避の場となりうるように、儀式や習俗は、容易に逃避の場となりえよう。いや、じじつ、そうなりつつある。国家的祭日も季節の折目も、今日では、日曜日と同様、たんなる骨やすめであり、レクリエイションにすぎない。せちからい現実や、むごい搾取者《さくしゅしゃ》から、その眼を盗んで掠《かす》めとった休日でしかないのだ。それは、個人が国家や民族や自然に復帰し、全体感を味わう機会ではなく、むしろ全体の眼を盗んで、小さな個人の殻のなかに閉じこもるための逃避の場になってしまった。

だが、誰がそれをたんなる逃避と呼びえよう。それを逃避と軽蔑し、現実に直面しろという人たちは、おそらく自分だけは逃避せずに現実という一つ次元のなかでのみ生きうると思いこんでいるのであろう。が、かれらは、そういう反俗的な思いあがりのうちに、自分たちが現実からの逃避を必要としない特権地帯の住人であることを忘れていはしないだろうか。かれらは結婚式や七五三や氏神の祭典にうつつをぬかす人たちを無智蒙昧《むちもうまい》と見なすかもしれない。が、一般の生活者にとっては、そういうときを除いて、床の間の前に坐《すわ》り、主役を演じる機会が、生涯おとずれぬであろうという現実を、かれらは見のがしているのだ。なぜなら、特権階級であるかれらは、国家や社会が、あるいは季節や宗教が、現実の次元の外に造りだす折目としての儀式とは無関係に、自分たちだけの小さな床の間の前で主役を演じつけているからである。かれらもまた小さな儀式の祭司であり、そしてそのまえには信者がいる。かれらは自分の欲するときに、儀式をとりおこなうことができる。そういうかれらにとって、世俗の儀式は、一般民衆の眼をかれらからそらさせるものでしかない。

かれらは儀式を嫌っているのではなく、自分たちが祭司の座から引きずり降されるような儀式を嫌っているだけのことである。かれらはただかれらを中心に儀式をおこないたいというだけのことだ。が、それぞれの個人を中心として儀式をあげるわけにはいかぬ。儀式は元来、個人を没却する場でなければならぬ。人間が個人であることをやめて、生命のもっとも根源的なものに帰っていくための通路であったはずだ。それは逃避でもなければ、レクリエイションでもない。また、たんに一国の君主や革命の功労者をたたえるためのものでもない。それは、もっとも本質的には、生命の根源である自然のリズムをふむための折目であり、自己のうちで全体と調和しかねている部分を放逐し、死からまぬかれ、生の充実感にひたるための方式であり型であった。仏教やクリスト教の、そしておそらく他のあらゆる宗教の始祖や伝道者たちは、その間の消息を充分に知っていたはずだ。クリスマスは、たんに王の王であり革命家であったイエスの誕生日を祝うものではない。それは冬至の祝いである。復活祭も、教祖の復活の祝いであると同時に、まず春の到来を祝うものであった。クリスト教の初代教会は民衆のきげんとりをしたのではない。いかに高遠な精神的教養も、自然の生理から孤立して生きることはできなかったのだ。ロレンスはこう書いている。

生命そのもののリズムは、時間から時間へ、日から日へ、季節から季節へ、時代から時代へと、教会の手によって、民衆の生活の根がたに保たれてきたのであり、かれらの荒々しい生命の火花は、すべてこの永遠のリズムに合せて整えられていたのである。いまもなお南の国では、ことに田舎にでも行けば、夜明けや正午や日没に鳴り響く鐘の音が、ミサや祈禱《きとう》の声とともに、時を刻むのを耳にするが、そんなとき、われわれはやはりこのリズムを感じとるのだ。それは日々の太陽の息づくリズムなのだ。それをわれわれは種々の祭日のうちにも感じとる。行列祈禱に、クリスマスに、ケルンの三王祭に、復活祭に、聖霊降臨節に、聖ヨハネの聖日に、諸聖徒日《しょせいとび》に、万霊節《ばんれいせつ》に。これこそ一年の廻転であり、冬至から夏至へ、春分から秋分へとすすむ太陽の運行であり、四季の到来であり、その出立である。のみならず、それはまた男と女の内奥《ないおう》にひそむリズムでもある。四旬節《しじゅんせつ》の悲歎《ひたん》、復活祭の歓喜、聖霊降臨節の驚き、聖ヨハネの聖日の篝火《かがりび》、万霊節の墓の上に立てられた蠟燭《ろうそく》、燈をともされたクリスマス・ツリー、これらすべてが、男と女の魂のなかに燃えあがるリズミックな感情を表しているのだ。

こうして、祭日とその儀式は、人間が自然の生理と合致して生きる瞬間を、すなわち日常生活では得られぬ生の充実の瞬間を、演出しようとする慾望から生れたものであり、それを可能にするための型なのである。私たちが型に頼らなければ生の充実をはかりえぬのは、すでに私たち以前に、自然が型によって動いていたからにほかならぬ。生命が周期をもった型であるという概念を、私たちは、ほかならぬ自然から学び知ったのだ。自然の生成に必然の型があればこそ、私たちはそれにくりかえし慣れ、習熟することができる。そして偶然に支配されがちの無意味で不必要な行動から解放される。なぜなら、型にしたがった行動は、その一区切り一区切りが必然であり、それぞれが他に従属しながら、しかもそれぞれがみずから目的となる。一つの行動が他の行動にとって、たんなる前提となり、手段となるような日常的因果関係のなかでは、そのときどきの判断によって採用された行動は、たいてい無意味で不必要な結果に終る。個人の判断が、その必然性の一貫にどれほど緻密《ちみつ》な計量をはたらかせようとも、それはほとんどつねに偶然の手にゆだねられる。

必然とは部分が全体につながっているということであり、偶然とは部分が全体から脱落したことである。とすれば、個人がみずからの配慮で自己の行為に必然性を附与しようとするストイシズムは、個人の能力を超えた緊張を必要とするであろうし、そして、その緊張には、私たちは長くは堪えられず、『嘔吐《おうと》』のなかの女のように、最後には、かならずその努力を抛棄《ほうき》してしまうであろう。型にしたがった行動は、私たちをそういう緊張から解放してくれ、行動をそれ自体として純粋に味わいうるようにしむけてくれる。そのときにおいてのみ、私たちは、すべてがとめどない因果のなかに埋れた日常生活の、末梢《まつしよう》的な部分品としての存在から脱却し、それ自身において完全な、生命そのものの根源につながることができるのだ。

儀式はすべてそういう純粋な、いわば劇的行動の場を、現実の生活のなかにもたらすものであるが、そのなかでも、国家的な権威の強制に害《そこな》われなかった、自然のリズムに即する秘儀は、長いあいだ民衆の生活のなかに生きつづけ、今日もなおその意義を失ってはいない。たとえばクリスト教において、復活祭がなにゆえ最大の祝祭日となりえたか。クリスト教だけではない。ギリシア、エジプト、ペルシア、バビロニア等、古代異教の最大の祭日は、ことごとく復活祭的意味をもった、死から生への秘儀であった。なぜであろうか。

私たちが生命の根源にまで降りていき、自然との合一感にひたるための型としての儀式を要求したとすれば、それは型である以上、部分にして全体、瞬間にして永遠、つまり空間的にも時間的にも、限られた枠のなかに全体が出現しうるものでなければならない。自然におけるそういう時期は、季節の折目、ことに冬から春への変り目ではないか。そこでは、私たちは、葬儀におけると同様、死から生への過程をくぐりぬけるのである。私たちは生それ自体のなかで生を味わうことはできない。死を背景として、はじめて生を味わうことができる。死と生との全体的な構造のうえに立って、はじめて生命の充実感と、その秘密に参与することができるのだ。

その意味において、復活祭は、そのまえに聖灰水曜日にはじまる四十日間の四旬節をともなうのである。それは春の歓喜をまえにした、無収穫の冬の敗退していく時期である。よみがえりのために死にたるものをして死にたるものを葬《ほうむ》らしめる時期である。倫理的にいえば、自分の属する集団を迎え、それに受けいれられるために、自己の罪を確認し、それを解放しながら、贖罪《しょくざい》と懺悔《ざんげ》に身をゆだねる時期である。なるほど、四旬節と復活祭は、罪の償いと十字架の勝利という宗教的な意義づけを与えられてはいるが、そういう精神的な比喩《ひゆ》だけで、民衆は動きはしない。かれらの生理そのものが、自然に支配されており、自然のリズムに生きることを欲していたのだ。無意識のうちに、かれらのなかの老廃物を、枯渇《こかつ》した冬とともに死なしめ、そうすることによって、春とともによみがえろうとしていたのである。四旬節の英語 Lent は、もとは春の意味であり、十三世紀くらいまでは、その意味で用いられていた。四旬節と復活祭とは、古代の農耕民族の春の祭に、クリスト教的な意義づけをおこなったものにすぎない。同時に、ユダヤ教の小麦の収穫を祝う逾越節《ゆえっせつ》を翻案したものでもある。

クリスト教にかぎらぬ。仏教や神道《しんとう》においても、死から生への秘儀は、やはり最大の行事となっている。たとえば、護国仏教において重んぜられた東大寺の修二会《しゅにえ》のごときも、四旬節に相当する時期と復活祭にあたる水取りの式とから成りたっている。「お水取りがすまなければ春が来ない」といわれるように、それは春を迎える行事であり、そのまえの十二日間は、個人的には精進潔斎《しょうじんけっさい》と懺悔の期間であり、国家的にはすべての禍《まが》ごとを忌《い》み祓《はら》う勤行《ごんぎょう》の期間である。ただ私たちの風土においては、冬から春への年季交替の喜びは、北欧諸民族のそれのような、さほど激しいものではない。また、仏教と神道との各時代による消長が、それぞれの時代や地方や階級の行事をそのまま残存せしめたため、春を迎える祭は復活祭のように凝集した型をとらなかった。神道では正月と節分、仏教では正月の修正会《しゅしょうえ》、二月の修二会、春の彼岸、釈迦《しゃか》誕生を祝う花会式《はなえしき》、いずれも季節的な行事であり、冬から春への年季交替を祝うという意味でおなじものであった。その多様性は、私たちが用いる春ということばのあいまいさにも現れている。正月を新春といい、節分のあとに立春があり、水取りや彼岸で春の到来を知るのである。こうして、私たちの春は分散してしまい、宗教と習俗とは緊密な結びつきをもたず、今日では、正月がもっとも大きな国民的祭日となっている。が、太陽暦の正月は、春の祝いとして、年季のよみがえりとして、かならずしも適当な時期ではない。正月をすぎて、私たちは古き年の王の死を、すなわち、厳寒を迎えるという矛盾を経験する。

しかも、そういう矛盾について、ひとびとは完全に無関心でいる。アスファルトやコンクリートで固められた都会生活者にとって、古代の農耕民族とともに生きていた自然や季節は、なんの意味ももたないと思いこんでいる。文明開化の明治政府が、彼岸を春秋の皇霊祭としたのは、天皇制確立のためではあったが、今日の似而非《えせ》ヒューマニストよりは、まだしも国民生活のなかに占める祭日の意義を知っていたのだ。ヒューマニストたちにとっては、雛祭《ひなまつり》も端午《たんご》の節句も、季節とは無関係に、ただ子供のきげんをとるための「子供の日」でしかない。つまり、レクリエイションなのである。が、雛祭より「子供の日」のほうがより文化的であり知的であると考えるいかなる理由もありはしない。そのほうが、都会生活に向いているという理窟《りくつ》もなりたたぬ。もちろん、古い習俗はそのままでは煩雑《はんざつ》であり、私たちの生活を停滞させるであろう。が、私たちがどれほど知的になり、開化の世界に棲《す》んでいようとも、自然を征服し、その支配下から脱却しえたなどと思いこんではならぬ。私たちが、社会的な不協和を感じるとき、そしてその調和を回復したいと欲するとき、同時に私たちは、おなじ不満と慾求とのなかで、無意識のうちに自然との結びつきを欲しているのではないか。

ことに死から生への秘儀は、そういう自然とともに生きる、もっとも本質的な人間の生きかたを啓示する。私たちがいかに知的に開化しているとしても、肉体の生理的必然から、まったく自由でありうるわけはない。私たちは、日々、死を欲している。もちろん、新しくよみがえるために。シェイクスピア劇においては、一日の終りにおとずれる仮死としての眠りが、いかにくりかえし讃《たた》えられていることか。当時の人たちは、私たちが、生を慾求すると同時に、そのためには、いかに死を望んでいるかを、よく知っていたのだ。かれらばかりではない。現代の私たちにおいても同様である。ただ、ひとびとはヒューマニズムの浅薄な生の讃歌のうちに、そのことを忘れているのだ。生が、そして個人が、死や仮死を必要としないほど強いものと錯覚しているのだ。そして、その錯覚が、じつは私たちの生を弱めていることに気づかずにいる。

だが、私たちの精神や肉体は、いまなお、冬から春にかけて、一種の不整調を感じないだろうか。暗い枯死せる冬から脱けだして、明るい春の生気を浴びるためには、仮死を演ずる四旬節と歓喜の復活祭とをもったほうがいいのではないか。そういう場所をすべて奪われてしまったとき、私たちの精神も肉体も、個々にどんな重荷を背負わなければならないか。それは神秘主義などというものではない。むしろ正常な人間の生きかたなのである。個人が全体から離脱しがちな現代において、それはもっとも必要とされるのだ。私たちは、自己の内部における不協和を、それによってただすことができる。自己のうちにあって、全体から離脱した部分を死につかしめ、そうすることによって、自己が全体とともに生きかえる。

ヒューマニストたちは、死をたんに生にたいする脅威と考える。同時に、生を楯《たて》にあらゆることを正当化しようとする。かれらにとって、単純に生は善であり、死は悪である。死は生の中絶であり、偶然の事故であるがゆえに、できうるかぎり、これを防がねばならぬと信じこんでいる。が、そうすることによって、私たちの生はどれほど強化されたか。生の終りに死を位置づけえぬいかなる思想も、人間に幸福をもたらしえぬであろう。死において生の完結を考えぬ思想は、所詮《しょせん》、浅薄な個人主義に終るのだ。中世を暗黒時代と呼び、ルネサンスを生の讃歌と規定する通俗的な史観や、封建時代に死臭をかぎつけ、現代に生のいぶきを感じる過《あやま》った人間観は、すべて個人主義的なヒューマニズムの所産にほかならない。

生はかならず死によってのみ正当化される。個人は、全体を、それが自己を滅ぼすものであるがゆえに認めなければならない。それが劇というものだ。そして、それが人間の生きかたなのである。人間はつねにそういうふうに生きてきたし、今後もそういうふうに生きつづけるであろう。

解説

佐伯彰一

著者の福田氏は、批評を書き、翻訳をやり、戯曲を物し、またしばしば劇の演出をも試みる。また時には、小説を書くこともあって、まれに見る多力の人というのが、氏についての大方の第一印象に違いない。だが、氏の多力ぶりは、ただの多面性、外的な多様性ではない。氏の作品をずっとつづけて読みかえしてみると、その底には、驚くほどの一貫性、ほとんど頑《かたく》な、とさえよびたくなるほどの執拗《しつよう》な持続性に気づかずにはいられない。

出発以来の氏の多彩な活動をつらぬく一本の赤い糸は、「劇」という観念であり、また「演戯」という観念である。氏が「近代の宿命」について語ろうとも、日本の現代作家を論じようとも、この点には何ら変りがない。しかし、自分を支える根本理念を、何やらの一つ覚えみたいに、後生大事にくり返しつづけてやまぬ、やり切れぬ野暮ったさとは、氏はまるで縁がない。氏は日ごろ何くわぬ表情で、身も軽々と時事的なエッセイを物し、また花々しい論戦にのり出してゆく。しかし、時あって、氏は自らの根本理念に立ちかえり、これとまともに立ち向い、渾身《こんしん》の力を傾けて、その解明にあたる。そういう際に生れ出た、見事な成果が、『芸術とはなにか』であり、また本書である。己れの根本主題を真向から見すえて離さぬ氏の眼《まな》ざしは、力強い緊張感にみちあふれているし、目ざす獲物を一気に追いつめてゆく鮮かな手順には、自信にみちた猟師の面影がみとめられる。しかし、一番大事なことは、氏の目ざす獲物が、一九五〇年に書かれた『芸術とはなにか』の場合も、この『人間・この劇的なるもの』の場合も、何の変りもないという点である。猟場はもちろん、前者におけるより一層明確に限定されており、取り上げられる対象への熟知は、いよいよ確かなものとなっているのだが、氏の迫ってゆく目標は、いささかも変らない。一見多彩な活動家、多弁な論客とうつるに違いない氏における、この一貫性は、美しい。これは数多い現代の文芸評論書のなかで、安んじて「美しい」とよび得る、まれな書物の一冊である。

あるいは「個性などというものを信じてはいけない。もしそんなものがあるとすれば、それは自分が演じたい役割ということにすぎぬ。他はいっさい生理的なものだ。右手が長いとか、腰の関節が発達しているとか、鼻がきくとか、そういうことである。」

また「自由ということ、そのことにまちがいがあるのではないか。自由とは、所詮《しょせん》、奴隷《どれい》の思想ではないか。私はそう考える。自由によって、ひとはけっして幸福になりえない。自由というようなものが、ひとたび人の心を領するようになると、かれは際限もなくその道を歩みはじめる。」

いきなりこうした箇所にぶつかって、つまずく読者があるかも知れない。この著者は、シニカルな逆説家にすぎぬのではないか。人々の理想に横合いから冷笑を浴びせて面白がっている冷淡な皮肉屋ではないか、と。たしかに、「個性」や「自由」は、多くの現代人の偶像である。さまざまな人々が、その前にひざまずいて、同じようなうやうやしい頌辞《しょうじ》をくり返している。そこで、「個性」や「自由」が、果してどれ程生きた理想であるのかさえ怪しくなってきている。なるほど、多数者の偶像に対しては、あえて異を立てないのが、安全なやり方に違いないだろうが、アイマイな偶像崇拝にはっきり否《いな》と発言することこそ、知的勇気のしるしではないか。偶像讃美の呪文《じゅもん》を口うつしにくり返すよりは、まず偶像の正体をわが手でたしかめて見ようとする知的潔癖の方が、どれほど望ましいか判《わか》らない。

のみならず、福田氏はたんなる偶像破壊主義者、否定のための否定論者ではない。氏はこの書物の冒頭から、「個性」や「自由」という通念に対して氏が疑いをさし挟まざるを得ぬ、人間論的な根拠を提出している。氏は、あれこれの哲学的な定義やイデオロギーに色目をつかいはしない。氏は率直に問いかけるのだ。我々にとって、身近な「生きがい」がどこにあるか、充実した生の実感がどういう場所に見つかるか、と。これは男らしいやり方である。氏は一切の後ろ楯や権威ぬきで、歩き出す。読者もまた、通り言葉やアイマイな偶像を頭から払いすてて、氏の提出する人間的な事実にじかに対面することから始めるがよい。氏の歩き出す方向に対する批判や否定は、その上でのことである。

「私たちが欲するのは、事が起るべくして起っているということだ。そして、そのなかに登場して一定の役割をつとめ、なさねばならぬことをしているという実感だ。」また「生きがいとは、必然性のうちに生きているという実感から生じる。その必然性を味わうこと、それが生きがいだ。」まことに簡明率直な覚悟であり、基準であって、読者はそれぞれ自身の生活に照らして、賛否を明らかにすることを迫られる。これに対して否という読者は、自分の手で別の基準を提出せねばならぬ。氏のこうした実践的な覚悟をとり上げて、個性否定論者だとか、反近代主義者だとかいった幻をでっち上げるぐらい、馬鹿《ばか》げた話はないのである。

さて、氏はこうした場所から歩き出す。氏の前提は明確であり、ふみ出す方向もまた判然としている。「なにをしてもよく、なんでもできる」といった、漠然と「自由」な気分や、いたずらに主観的な、「個性」という自負などは、確たる何物をもたらさぬ。大事なのは、自分の役割をはっきりと選びとることであり、これを意識的に演じきることである。「必然性のうちに生きる」というのは、たしかに誤解をまねきやすい表現である。現実そのままの容認、現状維持の別名だと、簡単に割り切ってしまう人が多いからだが、もちろん氏の意味する所は、そうした消極的な受身性からは程遠い。氏は別の箇所で、「現実拒否と自我確立のための運動」という言い方をしているが、役割という意識ぐらい、スタティックな受身的もたれかかりから縁遠いものはないのだ。役割を選びとり、演じきるのは、何より意思の作業に他ならぬ。「ひとつの必然を生きようという烈《はげ》しい意思」というのは、氏自身の言葉である。

さて、氏にあっては、この「生きようという意思」が、そのまま演戯へつながり、演戯への意思と重なる。という所にひっかかる読者があるかも知れないが、すでに先の引用の中にも「必然性を味わう」という一句がふくまれていた。人間はたんに生きることを欲しているのではない。生きると同時に、それを「味わう」ことを欲している。つよく「必然性」でつらぬかれた生、劇的な生を生きると同時に味わうこと、これが人間の根元的な欲望だと氏は言い切る。現実の生活と同時に、それと次元を異にした「意識の生活」が成り立つ。これをぬきにしては、いかなる幸福論も、芸術論もあり得ないのだ、と。又しても、簡明率直なる人間論的な覚悟であるが、これは氏の基本的な信条といっていい。すでに『芸術とはなにか』の冒頭で、氏は古代の呪術をとり上げながら、そのうちに「演戯」をみとめていた。よき獲物や豊かな収穫をもたらすという実際的な必要と同時に、呪術そのものが楽しまれていたのだ、と氏はいう。呪術の参加者たちは、その中にいわば虚構の生の充実感を味わっていた、というのである。しかも氏にあっては、これは例の芸術起源論といった、のんきな議論ではない。生きることと同時に味わうこと——氏はここに、およそ芸術の純粋な原型を夢みているのである。

もちろん、氏は原始的な至福状態をたんに夢み、歌い上げる人ではない。遠い過去にあった、ある理想状態を基準にして、現代を裁こうという人ではない。氏は、はっきりと醒《さ》めたリアリストであり、人一倍強烈な自意識の持ち主である。そういう自分を氏は偽わろうとはせぬ。自意識は現代人の特権などとやに下ることもせねば、いたずらに悪びれたり、恥じ入ったりもしない。そういう無駄な廻り道のかわりに、氏は自意識を実践的に生かす、現実家の道をえらぶのである。意識を消しさることではなくて、逆に「純粋な意識の真の緊張感」のうちに、演戯の本質を氏はみとめようとするのだ。

そこで、本書の中核的な部分、いわば書中の劇中劇ともいうべき中心部に、氏が「徹底的な意識家」ハムレットを招じ入れて、これにヒーローの役割を演じさせるのは、まことに自然な道行という他はない。ハムレットのうちに、氏は正しく自らの理想的なヒーローの姿を見出《みいだ》す。非行動的な懐疑家だとか、饒舌《じょうぜつ》な反省家だとかいう、長い間ハムレットにまといついてきたうす汚れた通念が、氏の手によって一気に剝《は》ぎとられてゆく過程の鮮かさは、本書の中でも一際《ひときわ》美しく張りつめた部分である。一種熱っぽい昂《たか》ぶりさえただようている。氏によって登場せしめられるハムレットは、まことに溌剌《はつらつ》たる行動人である。しかも、あの機知あふれる饒舌や懐疑をいささかも失わずに。つまり、ハムレットは、「自己を演戯する人」だ。自己を素材として劇を作り出してゆく人物なのだ、と氏はいう。みずから進んで亡霊を見ようと欲した冒頭から、決闘による死にいたるまで、ハムレットはわれとわが手で劇を始動させ、しかも最後まで明確な自意識を失うことなく、劇中人物たる自己を演戯しつづけてゆく。この過程を精密にあとづけてゆく氏の筆致は、おのずと熱っぽさをおびてくる。これはたんに、古来のおびただしいハムレット解釈に、今一つの新解釈を加えた、というものではない。氏は冷徹に分析しつつ、同時にハムレットのうちに、一個の極限的な意識家＝ヒーローの像を夢みているのである。「空想家、理想主義者」と区別された意味での「理想家」、同時に現実家である「理想家」についての美しい言葉が書きつけられるのが、同じ箇所においてであるのは、たしかに偶然ではない。氏はここで、戯曲ハムレットという「現実」からいささかも目をそらすことなく、同時に氏自身の「理想」を語っているのである。そして氏の「理想」は、先にもふれたように、意外に強烈な実践的、倫理的な色調をおびている。これは、ただの戯曲論、ハムレット論ではない。一個の正統的なモラリストの手による「人間論」なのである。この「人間論」がまた「文化論」への広がりをはらんでいることは、第八章に見られる所であり、氏は今後この主題にさらに広やかな展開をあたえるに違いない。重ねて言う。これは美しい本だ。自らの本来的な主題への回帰が、同時に新しい出発でもあるといった、みずみずしい源泉的な本である。

なお『人間・この劇的なるもの』は、まず雑誌『新潮』に、昭和三〇年七月号から三一年五月号まで連載され、ついで三一年六月、新潮社から単行本として出版された。

（一九六〇年、文芸評論家）

二十代の若者に読んでもらいたい

坪内祐三

「青春の一冊」というフレーズはありきたりでしかも微妙な意味を持った言葉であるが、しかし、『人間・この劇的なるもの』は、私にとって「青春の一冊」だ。

中公文庫版の『人間・この劇的なるもの』を私は、大学に入学した年に読んだ。今から三十年前のことだ。

「青春の一冊」という言葉がなぜ微妙であるかといえば、それは、「青春」を特権化しているように見えるからだ。

そして私は、「青春」がそのように特別のものではないことを、他ならぬ『人間・この劇的なるもの』によって知り、安心した。

自然のままに生きること、それが果して本来どのような意味を持っているのか熟考することなく、それが最大の価値であると誤解する若者たちを批判して、福田氏は、この長篇評論の冒頭部分で、こう述べている。

自己の自然のままにふるまい、個性を伸張せしめること、それが大事だという。が、かれらはめいめいの個性を自然のままに生かしているのだろうか。かれらはたんに「青春の個性」というありきたりの役割を演じているのではないか。

続けて福田氏は言う。「個性などというものを信じてはいけない」、「もしそんなものがあるとすれば、それは自分が演じたい役割ということにすぎぬ」、と。若者たちが個性的たらんとする時の「個性」とは、本当の「個性」ではなく、自分が演じたい「役割」に過ぎないのだ。

しかし私が大学に入った頃も、「個性」をそのようなものとして誤解している若者がたくさんいた。

しかも彼らはそれに無自覚だった(そもそも自覚していたらそのような誤解は起きない)。

君は個性的な人だね、というのは一種のホメ言葉だった(今でもそう言われて喜ぶ若者は少なくないはずだ)。

若者たちの「個性」は様々な所に発揮された。

私たちより少し前の世代なら、そういう「個性」は政治や思想すなわちイデオロギーに発揮されただろう。

何らかの世界観をつかみたいと思うのは、好奇心というより、たいてい、「自分が演じたい役割」の行使に過ぎない。

平和や改革を求めて行なう政治活動は実は己れのエゴイズムの発露であったりする(エゴイズムだからいけないというのではない、そのことに無自覚なのが問題なのだ)。

シラケ世代と呼ばれた私たちは、そういう政治青年や思想青年は少なかったが(それでも早稲田大学には西の同志社大学と並んでその種の化石的青年がけっこう残ってはいたが)、『ポパイ』や『なんとなく、クリスタル』的個性を求める世代だった。ファッションやシーズン・スポーツやトレンディ・スポットに彼らの個性は発揮された。

しかしそういう「個性」にも私は違和を憶《おぼ》えた。

彼らは本当にファッションが好きなのだろうか。

スキーやテニスやサーフィンが好きなのだろうか。

トレンディ・スポットで飲み食いする酒や食べ物が好きなのだろうか。

いわゆるオシャレすることが好きだったのではないか。

オシャレそのものではなく、オシャレなやつだとまわりから見られること、つまりオシャレな自分を演じたいだけではないか、と私は思ったのだ。

重い政治の時代から、軽く明るい時代へ（つまりタモリの口にしたネクラからネアカへ）と時代は変ったものの、「個性」する「青春」という点で若者はまったく変らないのではないか、と私は考えていた。

そういうイラ立ちの時に、私は、『人間・この劇的なるもの』に出会ったのだ。

イラ立ちの理由に、当時の私が、恋に恋していたことがあげられるかもしれない。

謳歌《おうか》する青春の象徴として恋愛がある。

私が通っていた大学のクラスは男女ほぼ同数で、入学と共にカップルが幾つか出来た。

高校や予備校時代からの恋人と付き合っている人間も多くいた。

彼らは青春を謳歌しているように見えた。つまり青春を浪費していないように見えた。

そういう彼らの姿を見ていたら、私は別に好きな異性もいないのに（いやいなかったからこそ）、アセリを憶えた。

私はこの青春という貴重な時代を無駄にしていると思った。

そして恋に恋していた。

そういう私が『人間・この劇的なるもの』を読んで蒙《もう》を啓《ひら》かれた。

この本によって、私が求めていたのは恋愛ではなく、単にそのように演じたい、つまり、謳歌する青春という「役割」に過ぎなかったことを知った。

その事を知ったら私は冷静な気持ちになった。

だから私はこの『人間・この劇的なるもの』を二十代の若者に読んでもらいたい。

こういう一節がある。


親しい友人を訪ねて、のんきな話に半日をすごしたいとおもうときがある。が、行ってみると、相手はるすである。そして孤独でありたいとおもうときに、かれはやってくる。


このような偶然あるいは必然があるから人間は劇的なのである。

私が若い頃は携帯電話もメールもなかったから、待ち合わせ場所に時間通りに異性がやって来ないとドキドキした（そもそも親子電話でさえそれほど普及していなかったから自宅に住む女の子に電話するのはドキドキドキした）。

そのようなドキドキやトキメキがなくなってしまった今の若者は、ある意味で不幸だ。

だからこそ、『人間・この劇的なるもの』は、若者たちにますます必要な人生の書、いや恋愛の書だと思う。

（二〇〇七年十一月、評論家）

この作品は昭和三十一年六月新潮社より刊行され、昭和三十五年八月に文庫化された。復刊にあたり、『福田恆存全集第三巻』（昭和六十二年六月、文藝春秋）『福田恆存翻訳全集第六巻』（平成四年六月、文藝春秋）により校訂した。

表記は新字・新かなづかいに改めた。

人間《にんげん》・この劇的《げきてき》なるもの

新潮文庫　ふ - 37 - 2

昭和三十五年八月二十日 発行
平成二十年二月一日 六刷改版
令和六年六月十日 十五刷

著者 福《ふく》田《だ》恆《つね》存《あり》

発行者 佐藤隆信
発行所 株式会社 新潮社
郵便番号 一六二―八七一一
東京都新宿区矢来町七一
電話 編集部(〇三)三二六六―五四四〇
読者係(〇三)三二六六―五一一一
https://www.shinchosha.co.jp

価格はカバーに表示してあります。

印刷・株式会社三秀舎　製本・加藤製本株式会社

ISBN978-4-10-121602-7 C0195